The Great Frustration

Seth Fried

大いなる不満

セス・フリード

藤井　光 訳

CREST BOOKS
Shinchosha

目　次

THE GREAT FRUSTRATION
by
Seth Fried

Illustration by Ohtake Mamoru
Design by Shinchosha Book Design Division

大いなる不満

ロウカ発見

Loeka Discovered

誰かに褒めてもらいたかったのかどうかは分からないが、ラボで一番人気のロウカは、現代の登山用装備もなく、標高千二百メートルまで登ってみせていた。研究チームの我々としては、それは相当な偉業だと認めざるを得なかった。客観性が重要ではあったが、我々はロウカが好きだった。それのどこに問題があるのか？　氷によって、彼は七千年以上にわたって良好な状態に保たれ、肉がねじれた顔は苦痛に歪む表情になっていた。その哀感は揺るぎないものだった。ロウカの調査を始めて三日目、自身もちょっとした遺物であり、研究所長を務めていたそれまでの四十年間で一グラム程度しか感情を見せなかったドク・ジョンソンは、ロウカについての自作の詩を朗読して仕事始めとした。最期のひとときに山中で凍える彼を描いた詩だった。詩のなかのロウカは何としても家族の元に戻るつもりでいたが、進む体力はもうなかった。最後に彼は顔を上げて星空を見つめ、彼方にあるその光に心温められた。彼の心を最後によぎったのは、原始的な草葺きの家で身を寄せ合う哀れな家族がどうなるのか、という思いだった。彼は勇ましく立とうとして倒れ込み、ひれ伏したような惨めな体勢のまま、七千年後にノルウェー人観光客によって発見された。

あまりいい出来の詩ではなかった。韻を踏みすぎていたし、ドク・ジョンソンの声は震えていたため、我々は居心地が悪くなった。だが、我々の多くはそれでも感動した。我々が見ていると、いつもより少し震えがちな手つきのドク・ジョンソンは詩を書いたノートの紙を畳み、白衣のポケットに戻した。輪になって集まり、涙で目が潤んだ我々の胸中には、自分たちを超える重要なことに取り組んでいるのだという思いが訪れていた。

ロウカの萎びた小さな顔を見下ろし、時間という広大な井戸を目の当たりにすると、なぜか心を魅了された。分析のために体組織のサンプルを抽出する際には、ロウカに優しく歌ってあげたり、おとなしい子どもを相手にするように話しかけたりすることも珍しくはなかった。かつての我々は、殺菌処理されて人工照明のついた研究所の廊下を練り歩き、すれ違うときには互いに頷き、クリップボードに挟んだ紙やペンの音だけが響いているような冷ややかな空気を醸し出していたが、いまや互いに足を止めて挨拶し、笑い合うようになった。ロウカと過ごすようになって二週間が経つと、何人かの男性所員は、前よりも派手な色のシャツやお茶目なネクタイといった恰好で現れるようになった。女性所員のなかには、スラックスから、膝が見えるくらいの丈のスカートに替え、実用的なサンダルからヒール付きの靴にする人もいた。力強いヒールの音が響く廊下は、かつての薄暗く沈んだ雰囲気とは打って変わり、無数の可能性に溢れているように思えた。

連日、新聞や雑誌からロウカについての取材の申し込みがあった。我々はなるだけ落ち着いて淡々と話そうとはしたが、じきにその場の熱気にのみ込まれてしまった。我々は果てしなく並ぶマイクに向い、息もつかせぬ勢いで質疑に答えた。ええ、彼の革の長靴は目下商品化が進められているところです。そうです、びっくりするほど履き心地がいいですよ。いえ、彼の斧は銅製でした。そう、そうですとも！　我々は記者たちに満面の笑みを見せ、互いの言葉を補った。質問があまりに大雑把だったり、答えが明白なときには皮肉を込めて目配せを交わした。取材会場から出ていく際には互いの腕を取り、特権意識、ある種の目眩とともに持ち場に戻った。

我々の心のなかでは興奮が高まりつつあった。彼の歯のエナメル質をアイソトープ分析した結果と、歯周の染色検査により、ロウカの出身地はイタリア北部、今日のヴァルナ近くの小さな村であると断定された。彼が発見された場所からは五百キロ近く離れていた。我々は舌を巻いた。一体何が、彼をしてそこまで遠くの高地へと旅させたのだろう？　地質学の記録により、彼が死んだ時期、村があった地域は長い旱魃に苦しんでいたであろうことが確認された。それに加え、ロウカの消化器官に穀物の消化物は見つからず、球果や小果実しかなかったことは、彼が、旱魃に見舞われた村のために生活しやすい場所を探そうと、危険で未知なる土地に向かっていた偵察役だったのではないかということを示唆していた。たちまち、ロウカは奇跡的な、利己心のない男になった。彼は真摯な男だった。

ラボのどこかで、機械が唸ってカタカタと鳴ると、我々は顔を寄せ合い、結果が出てくるのを待った。熱く期待のこもった息でX線写真のフィルムを曇らせ、ロウカの勇姿を想像した。彼は虚勢を張って山腹をのしのしと登っていき、危険が増すにつれ、古代の言葉でそっとおのれに言い聞かせている――「何とかなるさ」と。

ラボのいたるところでロマンスの花が咲いたのも驚きではなかった。そのときは当然の成り行きに思えた。互いに近くで作業をしていたし、取り掛かっている課題はみなにとって心躍るものだったから、ほどなくして我々は熱量計越しにじっと見つめ合うようになり、同僚同士で比較顕微鏡の接眼レンズを分け合い、ブンゼンバーナーのニードル弁を調整しようと二人同時に伸ばした手が偶然触れ合うといったことが起こった。ロウカの結腸に見つかった花粉のいくつかを調べてみると、花粉の中の細胞がそのまま保存されていることが判明した。つまり、ロウカの死は春の出来事だった。春！ ドク・ジョンソンでさえ、ラボの研修生の一人であるローレルに対し、いくぶんプラトニックな恋をした。書類をまとめたり、ピンセットを持っていくといった使い走りの仕事に没頭し、見られているとも気付かず、愛らしい黒色の前髪に向かってふうっと息を吹き上げる彼女の姿を、彼は思い焦がれるような目で追っていた。ドク・ジョンソンは悩んでいるようだったが、幸せそうであり、彼の古く柔らかくなった革のブリーフケースははち切れんばかりになっていた——どう見ても、詰め込まれているのは読むに耐えない新作で、無邪気な思いでローレルに捧げられた詩だろうと思われた。

ラボはかつてない自信によって活気付いた。みな軽快な足取りで動き回り、服装は少しばかり乱れた。ハイタッチをしたり尻を叩き合う者も出てきた。自分にあだ名をつける者もいた。オライリー博士は「バリカン」と自称し始めた。クリフォード博士とシモンズ博士はそれぞれ「スクーター」と「大穴」と呼んでもらいたいと言い出した。スティーヴンス博士は「テキサスの大男」と呼んでほしいと言い張っていたが、実のところ彼の身長は百七十センチ、出身はメリーランド州だった。

ラボでのささやかないちゃいちゃは、白熱した動物的な欲求に変わった。我々は物置のなかで互いのブラウスのボタンやズボンのジッパーに襲いかかり、だぼだぼの服や専門家としての厳めしい霧に包まれていた、驚くほど引き締まって若い体をあらわにした。既婚者たちは早めに帰宅し、戸惑う子どもたちをいつもの就寝時間よりかなり前に部屋に上がらせた。夫や妻を見つけるや、その場で事に及んだ。汚れたコップのやかましい音のなかや簡易テーブル、洗濯物籠のそばで。狂ったように互いを引っかき、引っ張った。ローレルは髪にリボンを付けるようになり、ある晴れた日の午後、ドク・ジョンソンは白い短パンと縞のボートネックという恰好でラボに現れた。

それこそが煽情的で心惹かれるものだと言わんばかりの勢いで、我々は研究に打ち込んだ。簡単な作業にも、熱心に、重大な責任感をもって取り組んだ。頭は高速回転した。各種の個別のデータを前にした我々の頭脳は、複雑な心的連関、正確な直観の飛躍、強力な閃きを揃って即座にものにした。そう簡単には抑えられない勢いだった。手が空いたとき、多くの所員がノートパッドの余白にいそいそと書きなぐっていたアイデアは、もう久しく野心から消えていた個人的プロジェクトのための準備だった。作業を次々にこなしつつ、我々はコーヒーが滲んだ紙ナプキンに論文のタイトル案を書いてはさっさと畳んでポケットにしまった。仕事中は指でとんとんとリズムを取り、世界の諸問題を改良できるはずだという観点から考えた。至るところに創造的な熱狂が広がり、伝染力のあるそのエネルギーは、うっとりとするものではあったが、我々の主要な研究課題、すなわちロウカから離れることはなかった。我々は情熱的に調査に打ち込んだ。最大限の心配りと細心さをもって取り組み、ごく単純な処置さえも、それ以前の我々の人生を支配してきたと思える悲観主義と疑念を振り払う祝賀となった。

毎朝、我々は湯気に曇るバスルームの鏡に誓いを書き、車の運転中はラジオに合わせて歌った。世界は新しくなっていた。すべてが飛ぶように前進していた。一つの発見は二つ、三つ、さらに多くの発見につながった。ローレルの若さと美しさは雲のようにラボに降りてきた。ドク・ジョンソンの胸はときめいた。彼の目には、生まれて初めての大砲の一撃、処女航海に乗り出す船、勝利と征服の最初の叫びが見えた。世界はいにしえのものだった。

研究所の屋上で即席のパーティーが開かれる夜もあった。我々は星空を見上げ、およそ七千年前のロウカにはどう見えただろうかと思いを馳せた。シャンパンを片手に我々は笑い、グラスを高々と掲げた。酔いが回ってくると、声を合わせて乾杯した。「ロウカ！　ロウカに！」声が続くかぎりそれを続け、乾杯はますます騒々しく陽気になっていき——「ロウカ！　ロウカ！」——ついにはその名前は短縮され、母音も子音も単純になり、そしておそらくは偶然ではなく、「人生《ライフ》！」に近い響きとなった。

そして、「ビッグマン」が発見された。

我々の研究が新たな高みに達しようとしていたそのとき、もう一体の発見についての連絡が入った。ロウカが見つかったのと同じ山で、もう一体の自然なミイラが、百メートルほど高い場所から見つかった。大柄な体格ゆえにただちに「ビッグマン」と名付けられ、死してなお威嚇的であると最初は報じられたそのミイラが見つかったのは、皮肉にも、ロウカをめぐる報道のためにその地域に注目が集まったためだった。我々としてはロウカと似たものを期待して興味をそそられていたのだが、Eメールで最初に送られてきた何枚かの写真からはその見込みはなさそうだった。ロウカの顔が小さく愛らしく、表情は粘土でざっと作られたようにでこぼこで曖昧であるのに対し、ビッグマンの顔は不気味なほど保存状態がよく、醜悪だった。突き出た額、落ちくぼんだ目、潰れた鼻により、どこか異質で、暴力的かつよそよそしい外見だった。多くの所員はその写真によって意気を削がれたが、すぐに立ち直った。新たな標本が謎を抱えてやってくるという思いに後押しされ、我々は喝采した。MRI装置のチューブを叩き、機械がひっきりなしに立てるトントンという音でロウカが怯えないように冗談半分に送り込んでいたエリック・クラプトンの曲越しに声を張り上げた。我々は馬鹿のようにチューブに向かって怒鳴り、「君に友達ができるぞ！」とロウカに教えた。

発見されてから数日のうちに、ビッグマンは一定の気圧に保たれた大型の箱に入れられて研究所に搬送された。新たなミイラにはしゃいでいた我々の陽気な気分はすでに鎮まり、ビッグマンが到着してからの数時間、その箱を不安げに見つめるのみだった。我々のほとんどはビッグマンに関してどこか居心地が悪く、ロウカ研究に戻りたい気持ちを抱えていた。抽象的な観念としてのビッグマンに対する興味は、いざそれがラボに物理的に存在するとなると、身構えるような気持ちに変わった。ビッグマンの存在自体がロウカを侮辱しているかのようだった。午前の半ばまでが沈黙のうちに過ぎてから、ドク・ジョンソンがつかつかと箱に歩み寄り、九桁のパスコードを打ち込むと、ゆっくりとした、不穏に軋む音を立てて箱は開いた。

ビッグマンから何を知ることができそうか、我々は気がはやったが、その何かが我々の研究に暗い影を落とした。彼がロウカと同じ時期に生きていたことは突き止め、今度は歯のエナメル質の分析に取り掛かったが、我々が夢中になって行っていたためにひとりでに進んでいくように思えていた作業は、いまや耐えがたくなっていた。誰かが遠くにある検査施設から新しい出力情報を持って戻ってくると、ラボでの作業はぴたりと止まった。「それで、何と出てる？」と誰かが訊ねる。すると、そのデータを持ってきた者は決まり悪そうに紙を持ち、どこに向ければいいのか分からないような様子になり、ついに口を開く。「分からない」

メディアの反応に見られる好奇心は、ロウカに対するものと似ていた。ただし、全体としては騒ぎは控えめになっていた。カメラのフラッシュの閃光さえ、それほど切迫したものではなかった。質問には穏やかな疑念が込められており、ロウカに次ぐビッグマンはさして驚きではなく、彼らは両方の発見の価値を疑問視しているかのようだった。以前は喜ばしかった記者たちの存在にも、今は少しばかり心乱されるように思われた。メディアが移り気であり、自分たちが驚いたり震撼したりする度合いによってしか事の重要性を判断できないと分かったからだけではない。ビッグマンに関する彼らの不吉な予感やおぼろげな冷淡さは、我々も抱いていた思いだったからだ。

ロウカと比較することなしにビッグマンを研究するのは不可能だった。二人の違いは歴然としていた。苦しみに満ちたロウカの顔は、我々が当初考えていたような、凍える寒さのなかでの勇気ではなかったように思えてしまった。ビッグマンと並べて観察してみると、ロウカの表情が突如として卑屈で怯えており、要は生きたいという貪欲さを見せていることを認めざるを得なくなった。

我々の心のなかで、ロウカは臆病者に思え始めてしまった。

とはいえ、ビッグマンの粗野な外見が好ましく思えたわけではなかった。むしろ、彼の堂々たる体軀が我々に思い出させるものといえば、人間が行いうる信じがたい暴力と残酷さのみだった。ロウカの体内に見つかったものはベジタリアンの食事の痕跡だったが、ビッグマンの消化器官には赤い肉がぎっしりと収まっていた。過去が危険な時代であり、ロウカのような人間は簡単につけ込まれてしまったであろうこと、ビッグマンの手にかかって唸りつつ地面でもがく人々の運命は恐ろしくも無意味なものだったことを、彼は如実に示していた。

　ビッグマンは骨の矢じりの付いた矢が入った筒と弓を持っていた。ベルトには二本のナイフが結わえ付けられ、小さな革袋には人間の歯が入っていた。彼の耳には数ヵ所に切り目があり、前腕には深い切り傷があった。我々は嫌悪感を抱いた。必要な無数の検査のためにビッグマンの準備をするときには、不快のあまり、浮浪者を風呂に入れるかのように目を細めて口から息をした。ビッグマンへの嫌悪感に押し潰されてしまった我々は、器具を落としたり、観察台の脚につま先をぶつけてしまったときには、ビッグマンや彼を囲む機械に八つ当たりしないように自制せねばならなかった。ちょっとした問題が起きた後にビッグマンを罵り、彼の額にメスを投げつけた研修生を解雇する羽目になった。ブラウン大学から研修に来ていたケニーという学部生で、憤慨しつつ自分の持ち物をまとめ、足を止めてラボを見渡すと、その状況について「どう見てもアホくさい」と言い放った。

　我々の誰一人としてケニーのことは好きではなく、実のところ彼がやってきた初日から追い払う口実を探していたとはいえ、彼に共感するところは多々あった。誰も認めようとはしなかったが、所員の多くはそれがビッグマンがみずから招いた事態だと感じていた。空中を飛ぶメスが彼の額に刺さって震えたとき、多くは賛同の笑みを浮かべさえした。我々には感動的だった——七ヵ月にわたり、毎日ローリング・ストーンズの同じTシャツを着てラボを歩き回り、誰彼なく「イケてる博士」と呼んでいたこの若者が、自分なりの愚かなやり方でとはいえ、ビッグマンは何か恐ろしいものの化身であると勘づいていたのだから。我々と同じく、彼も神経を逆撫でされていたのだ。実を言えば、彼の言葉が最も的を射ていたのかもしれない。具体的にどこが、となると我々には分からなかったが、ビッグマンにはどこか「アホくさい」ところがあった。とはいえ、ドク・ジョンソンはケニーを解雇すると言って譲らなかったし、つまるところ我々としても彼を厄介払いできて嬉しかった。去っていく彼を無言で眺め、それから検査や表計算プログラム、ミイラたち、そして消えつつある自分たちのやる気に気持ちを戻した。

当然ながら、ラボでのロマンスの雰囲気も減退した。仕事に対する熱意が損なわれると、同僚たちへの態度も悪化してしまった。我々は互いに苛立つようになった。以前はラボで我々を興奮させ、かつては一緒に物置のクローゼットに忍び込み、防火毛布やモップ用バケツに囲まれて互いにまさぐり合い、つい最近まで我々を紛うことなき生の喜びで満たし、ラボの向こうから目を合わせ、汚染除去室で一緒に大笑いしたというのに、我々は互いにうんざりし始めた。ドク・ジョンソンですら、突如として、ローレルに何やら好ましからぬところがあると疑っている様子だった。それが何なのかは分からなかった。ケニーがクビになったときに彼女が膨れてみせたせいかもしれない。あるいは、ドク・ジョンソンには彼女の外見、あのリボン（！）があまりに子どもっぽいと思えるようになったか、あるいは、最初は心惹かれた彼女の内気さが、結局は小悪魔の自惚れた沈黙に過ぎなかったと思ったせいなのか。彼女の顔に、早く老けてしまう何か、太って愚かで我がままな何かを見て取ったのかもしれない。それが何であれ、彼の態度は一変し、ブリーフケースは次第にしぼんでいった。

我々は毒々しい目を互いに向けるようになった。同僚たちは、創造的な可能性だけでなく、初歩的な作業をやり遂げる能力すらも我々から奪っていくかと思えた。彼らは寄生虫であり、愚かな軽口や、ラボにいるという事実だけで、我々が与えられる以上のものを要求していた。彼らの優れたアイデアは、我々のアイデアを脚色したものにすぎなかった。彼らの仕事が無味乾燥なものに思え、我々は自分の仕事をなるだけ守ろうとした。とはいえ、互いを避け、きつい言葉で追い払うことに成功すると、我々はすぐに自分自身と相対することになった。独りになってみれば、自分たちの仕事はつかみどころがなく独善的に思えた。自分たちのアイデアの質は、実のところ、今しがた追い払ったばかりの同僚たちのアイデアに依存していたのだろうか、と考え込んだ。寄生虫だったのは我々なのではないか。同僚たちとの関係が唐突に変わってしまったのは、我々の何らかの潜在的な欠陥に彼らが気付いたせいなのではないか？　結局のところ、彼らには何ら非はなく、自分が忘れっぽかっただけなのだ、と我々は考え始めた。感情的に欠陥のある怪物たる我々は、この先一生、不運にも我々と巡り会ってしまった善意ある人々すべてに同じ罪を犯し続ける定めなのだ。

既婚の所員は遅くまで仕事をするようになり、仕事への興味が減退しているために作業は次第に少なくなっているという事実にも取り合わなかった。夫や妻からの電話を無視し、頭を枕に預けた瞬間に眠ったふりをした。配偶者の方も、覆いもかけずに夕食をキッチンテーブルに放置するようになり、そばに置かれた、気落ちしたようなメモを集めて読めば、書き手の不満と疑念の軌跡が見て取れた。

我々はデスクにジンやウィスキーのボトルを置いておくようになった。不節制になり、ラボには大学の寮のような黴臭いアルコールの匂いがした。ラボを覆った不満の波を生き延びたロマンスの炎も、男女共用のバスルームでの、酔った勢いの気まずいデートによってついに消えた。互いを興奮させられず、おざなりに体をぶつけ合い、同僚たちは下着を脱いだまま個室の床で眠り込み、互いの体によだれを垂らし、そっとおならをした。我々は不機嫌で投げやりになった。ある日の午後、誰かが三階の窓から持ち運び式の分光計を駐車場に放り投げた。三日後、X線学者のキューケルスキー博士が逮捕された。酔って帰宅し、警察が来るまでの二時間にわたってマンションで妻に暴力を振るったのだ。

我々の見た目はひどかった。気分も最悪だった。ドク・ジョンソンは十五年間で初めてかつらをかぶるのをやめた。男たちはラボに何日もこもり、ズボンのチャックは開いたままで働き続け、女たちはスカートの後ろをストッキングにたくし込んだままだった。

その憂鬱に支配されているさなかに、我々はついに、誰のせいなのかを知った。ロウカだ。

確かに、諸々の不快感はビッグマンに対するものだったが、事態が進むにつれ、ビッグマンはロウカをめぐるあらゆる期待が外れてしまった原因のほんの一部なのだと我々は悟った。かつては山の高みの勇ましく孤独な男だった彼は、いまでは渋い顔つきの、前史的なお笑い種《ぐさ》だった。どうして彼はあの山で一人でいられなかったのか？　それは期待しすぎだろうか？　どうして、かくも単純で刺激的に思えるものが、結局はより複雑になってしまうのか？　誰もそれを望んではいなかった。

そして、我々は矢じりを発見した。

見間違えようもなく、X線写真には、先の細い木の柄がまだ小さく付いているクルミ大の矢じりが、ロウカの右の肩甲骨に食い込んでいた。火を見るよりも明らかだった。とはいえ、ラボの技師の何人かがX線フィルムをコースター代わりに使っていなければ、我々はそれを見落としていたかもしれない。気の抜けた酒の匂いがするそのフィルムには水分による円形の傷みがあって、矢じりを完璧に囲んでおり、後から見れば明白な事実を我々に示してくれていた。

矢じりを慎重に取り出してから、我々は確認した。それはビッグマンが持っていた鹿革の筒に入っていた矢と同じものだった。それとほぼ時を同じくして、ビッグマンがベルトの小さな袋に入れていた歯の分析結果が出てきた。ビッグマンは単細胞の乱暴者だとすでに決めつけていた我々は、彼の袋に入っていた歯はかなりの距離に及ぶ暴力の旅路で集められたのだろうと考えていた。だが、驚いたことに、四十人以上の歯からなるそのコレクションに染色を施してみたところ、その結果は、ロウカから取った歯のサンプルとまったく同じだった。アイソトープ分析の結果とも照らし合わせたところ、その歯はすべて一ヵ所からのものだった。五百キロ以上離れたヴァルナ近くにある人口集中地域、すなわちロウカの村の人々の歯だったのだ。

度肝を抜かれた我々は、さらなる検査を求めた。グレイソン検査でもそれは裏付けられた。抜落後の歯組成比較群では、九十八％の確率と出た。ラルース反応体は鮮やかなオレンジ色だった。すべてはヴァルナを指していた。

遥か北からたどり着いたビッグマンは、どうやら一つだけの村、ロウカの村から、想像も及ばない出来事のなかで四十人以上の歯を集めていた。数ヵ月ぶりに、我々の興味は蘇った。

ビッグマンがロウカの村を全滅させていたのだとすれば、それはすなわち、何とか攻撃を生き延びたロウカが、五百キロ近く、そして山の上までビッグマンを追っていったことを意味する。追われたビッグマンがロウカを射ち、そして二人はついに、高い山での悪天候のなか命を落とした。

並外れた敵に対し、小さな体と惨めな銅の斧のみで立ち向かおうとしたロウカは、再びヒーローとなった。とはいえ、我々が最初思い描いていたヒーローとは違った。同郷の人々の移り住む土地を求め、危険を知りつつも自然に挑んだ分別ある男ではなく、信じがたい喪失という怒りに駆られ、耐えがたいほどの痛みも引き受け、泣き寝入りするよりも死を選んだ男だった。

何千年も経った後、二人は発見された。山腹で凍り付いたまま、ギリシアの骨壺に描かれた恋人たちのように、ロウカは前のめりになって斧を握り、ビッグマンに致命傷を与えるか、おのれをこの世から解き放つ傷を負うのを永遠に待っている。

信じがたいいにしえの出来事を確認すると、ラボの男の何人かは髭を剃った。女たちも髪をしっかりとセットして口紅を塗った。遠回りではあれ、身だしなみがゆっくりとラボに戻ってきた。ドク・ジョンソンはまたかつらをかぶるようになったが、かつてのような、聳え立つほどのふさふさしたかつらよりもずっと慎ましいものになっていた。より頭皮に密着した髪だった。かつてほどは自信たっぷりには見えなかったが、おのれと折り合いをつけたように年相応になっていた。ラボを歩き回る彼には、ゆったりとした決意と新たな円熟が感じられた。ローレルが受け取った黄色いバラのブーケは友情と謝罪の表れだった。カードがなかったため、ケニーから贈られたのだろうと彼女は考えたが、我々はみな、送り主が誰なのかを知っていた。

かつての熱気が戻りつつあったとはいえ、我々はロウカへの賞賛の気持ちの本質を受け入れねばならないと心得ていた――つまりは偏見である。目を逸らすことなく、それを導かねばならない。犬のように言い聞かせねばならない。我々は厳めしくも活力をみなぎらせてラボを歩き回った。互いにはそっけなく、短い言葉で必要な情報のみを伝え合った。

「はい、ビーカー」

「結果が出た」

「ゴーグルが壊れた」

「貸してあげる」

程良い疲労感に浸り、我々は目の前の作業をこなしていけると感じた。かつての熱中は、遥か遠くの子供じみたものに思えた。今度ばかりは、我々の決意は揺るがなかった。唇をきっと結び、眉はきりっとしていた。我々は動じることなく冷静だった。ついに、我々は真の科学の徒となったのだ。

もちろん、ロウカはまだ我々を魅了していた。彼の物語に新たな捻《ひね》りが加わったとなると、ラボに昔なじみの友達が戻ってきたような気分だった。だが、その感覚は、そもそもの始めに我々がいい加減な振る舞いをする元凶となった愚かさと同じ類いのものなのだ、と我々は認識していた。そうした思いを断ち切り、我々は今度こそ、ロウカの死とそれを巡る出来事のすべてを解明すべく集中した。我々は前進し、どのような合理的な疑いも退ける事実を証明するつもりだった。信じがたい能力ではあったが、ビッグマンはロウカの村を皆殺しにし、そしてロウカによる長い追跡を受けた。それが実際に起きたのだ。どのようにして起きたのかを突き止めるのが我々の任務だった。

まず、我々はふたたび記者会見を開いた。ロウカの肩に刺さった矢じり、そして歯が詰まったビッグマンの袋を見せたときに記者がどのような表情になるのか、我々は楽しみだった。ビッグマンによる襲撃がどのようなものだったか、絵画による再現イメージまで用意していた。十二枚のパネルに分かれたその絵の一枚目では、ビッグマンが年寄りの女性の喉をかっ切っており、二枚目では尖った岩に男の頭を打ちつけて砕いていた。すでに死んだ少年を屍姦している絵もあった。また別の絵では、まだ生きている少女の肉を食べていた。村人たちを絞め殺し、手足をぶった切り、目を潰し、性器を切り刻み、顔や胸や背中から皮膚をべりべりと引き剝がしていた。そのおどろおどろしいスケッチを目にした我々は、かつてはいかにも移り気に我々を扱ったメディアもついに、この仕事の重大さ、発見の意味するところを理解するだろうと確信した。

かくして、ラボ用の白衣の下にはぱりっとしたスーツを着込み、我々は集まった記者たちと相対した。

我々は威厳を滲ませて話した。ロウカの肩のX線写真を見せ、矢と歯の出所を特定する検査結果も示した。そうした品々について、専門的かつ冷静に語った。

しかし、記者たちがそうした事実に興奮せず、驚くほど無関心に話を聞いているとなると、我々は正確に把握していることからここぞとばかりに脱線し始めた。ビッグマンの残忍非道ぶりと、ロウカの追跡行について、我々は熱を込めて語り始めた。まだ証明されてはいないが、この件に関する事実から簡単に推定できることを次々に話した。首の筋肉が襟に当たるのが分かった。熱中していたために、いざ話し終わると茫然自失だった。まるで、何千キロも彼方の山高くに旅していた我々の心が、記者たちのいる部屋に一気に舞い戻ってきたかのように。一方の記者たちは、むしろ苛立っているようだった。彼らは歯をほじり、腕時計に目をやった。カメラマンたちはカメラを構えるのに疲れ、もう足元に置いていた。部屋で聞こえる音といえば、回転するシーリングファンと、またたく蛍光灯のブーンという音だけだった。

我々は彼らの関心を引こうとした。話の重大さを記者たちに分かってもらうという唯一の目標に向け、必死の思いで、部屋のエネルギーを総動員しようと試みた。我々が推測によるスケッチをついにお披露目すると、部屋は大爆笑に包まれた。信じられないと言いたげに首を横に振りつつ、記者たちは部屋から出ていき始めた。足を止め、悪趣味だと野次を飛ばす者もいた。我々は抗弁したが、少しばかり手に負えない状況になってしまった。怒鳴り合いがそれに続き、その混乱のなか、「テキサスの大男」はワシントン・ポスト紙の記者を床にねじ伏せるほかなかった。テキサスの大男は彼の唇から出血させ、それから数名の記者たちを駐車場まで追いかけていった。

すべてぶち壊しだった。ロウカに関しては何一つ報道されず、二週間後の『ナショナル・ジオグラフィック』には、テキサスの大男がニュース中継用のバンに向かって中指を立て、ボンネットを靴で踏みつけている写真が掲載された。初めて記者会見に同席させてもらったローレルはすっかり動転してしまった。ドク・ジョンソンは壇の下に潜り込んで泣いている彼女を見つけて引っ張り出すと、ブレザーを彼女の肩にかけてラボまで送っていった。

我々は躊躇った。駐車場からはテキサスの大男の怒りの叫び、廊下からはローレルが悲しげにしゃくり上げる音が聞こえていた。我々は誰もいない記者会見室に立っていた。椅子は引っくり返り、ノートパッドは置き去りにされ、推定によるスケッチは真っ二つに引き裂かれていた。希望を完全に失っても当然だった。心の慰めといえばただ一つ、自分たちのせいではないと分かっていることだった。

実際、最初に冷静でいようとしたのは幼稚な考えだったと我々は思い知った。科学とは情熱なのだ。何かを真であると証明したければ、それがすでに真であるかのごとく振る舞わなければならない。ピーナッツの用途を三百通り見つけ出したければ、そのピーナッツを使ってみなければならない。我々が非合理的だとすれば、それは科学が非合理的だからだ。我々はロウカを信じていた。しっかりと見つめさえすれば、すでに知っているはずのことを証明できる、と信じていた。

記者会見により、我々の決意は鋼のごとく固くなった。あらゆる手段を用い、あらゆる証拠を駆使し、我々の立論が実証されるまではあらゆることをするつもりだった。

我々は着弾弾道学の専門家、ジョン・マンスター中佐を呼び寄せた。年配の、きっちりとした軍服姿の男だった。ビッグマンとロウカについての我々の説明を、彼は注意深く聞いたが、ロウカの肩のX線写真を精査する段になると、ちらりと見ただけで脇に押しやった。唇をぴちゃぴちゃと鳴らし、彼がいくぶん達者な調子でまくしたてるところでは、矢の位置から見て、ロウカは明らかに後ろから射たれているとのことだった。さらに、肩に矢が入った角度からして、矢は彼の後ろ、さらには下から放たれている、と彼は言った。その証拠から考えれば、ビッグマンがロウカを追跡し、彼を射ち、そして先に進んでいった可能性のほうが遥かに高い、と。

マンスターはその年齢にしては驚くほど力が強く、我々は六人がかりでどうにかラボから彼を放り出した。

それに輪をかけるように、所員の一人が寝返った。歯が入ったビッグマンの革袋を分析する仕事を任されていたアルベルゴッティ博士が、その袋は最初ロウカのものだったとかなりの確率で証明できる、と言い出したのだ。革のつくりは、ロウカの出身地付近で生産されていた型と一致している、と。弾道学の報告とそれを合わせて考えれば、ビッグマンは山上でロウカにばったり出くわし、さしたる理由もなく彼を殺してから袋を奪っただけだという可能性が高い、と彼は言った。異教の信仰においては、死んだ家族の遺物を集めておく風習は広くあった、と彼は口にした。袋にあれだけの人数の歯が入っていたということは、最初の推測、つまりロウカが旅立った頃の彼の村は、旱魃とおそらくは飢饉に苦しんでいたという説を裏付けている、と彼は締めくくった。犯罪科学者が異教の信仰について何を知っているのかと我々が訊ねると、彼はおずおずと、グーグルで検索したことを認めた。

それからほどなくして、備品がいくつか行方不明になり、我々はアルベルゴッティを解雇するほかなかった。当局に通報するほどのものではなかった。パソコン用紙と、ホチキスがいくつか、それにデスクが一つだった。彼が何かを盗んだという確たる証拠はなかったが、彼が危険分子だということは誰の目にも明らかだった。デスクは見つからずじまいだった。アルベルゴッティが建物から追放されると、誰も探さなくなった。

さらに前進することは困難だったが、我々は止まらなかった。我々は屈しなかった。三十二時間ぶっ続けで働き、文句は言わなかった。すべてを幾度となく吟味したが、何かがおかしかった。血眼になって見るほど、見つかるものは少なくなった。証拠はとらえがたく、身を縮めてみずからを畳んでしまった。我々の目の前で、証拠は消えてしまった。議論の要となる、すべてを明瞭にしてくれる証拠を見つけようと、我々は悪戦苦闘していた。そして、その闘いがもっと熾烈になり、我々の勇気が頂点に達しようとしており、完全な失敗か紛うことなき発見のどちらかに突進していこうとしていたそのとき、ドク・ジョンソンが発作に倒れた。

ひどい出来事だった。彼にとってだけでなく、研究所にとっても。ビーカーを載せたトレーに倒れ込む彼の姿を目にしたとき、我々は突然、気力のすべてを奪われたように感じた。床に倒れて呻き、めくれた白衣が頭にかかっている彼を見て、それが研究所での彼の最後の日になることを我々は悟った。

彼はそれなりに回復した。研究所からそう遠くはない自宅から出られなかったため、ローレルが毎日訪ねていき、新聞を読んでやり、ラボでの我々の進捗具合を知らせていた。何ヵ月にも及ぶ辛いリハビリの後、彼はまた会話できるようになり、書けるようにもなった。もう少しすれば歩行を始め、じきにラボに戻ると約束した。それから、さらに四回の発作に襲われ、彼は死んだ。

その後はあっという間の出来事だった。理事会の委員たちは研究所を視察に訪れ、我々のうち誰かをドク・ジョンソンに代わる所長に昇進させようと考えていた。しかし、ドク・ジョンソンの不在中に我々がまた飲酒を始めていたと判明したことにより、ちょっとした論争が持ち上がった——加えて、ビッグマンを見せてほしいと彼らが言ったとき、我々の誰一人として彼を見つけられなかったという事実もそれに拍車をかけた。大掛かりな捜索の結果、休憩室の一つで彼が見つかった。頭部は電子レンジの後ろに押し込まれていた。当然ながら、我々は解雇された。ロウカとビッグマンはスタンフォード大の施設に移された。どれほど奮闘していたとしてもローレルには単位は出さない、と理事会は決定した。

休憩室で見つかったときのビッグマンの写真と、ロウカが運び出されていく際に駐車場で涙にむせぶ自分たちの写真が報道されると、我々もそれなりに気まずい思いをした。それに、「チャーリー・ローズ・ショウ」に出演したスタンフォード大のレディング博士からは辛辣な言葉を浴びせられた。しかしその後、我々の誰もさして苦労はせず、コミュニティ・カレッジや民間ラボでの仕事を見つけることができ、それなりに快適なはずだ。確かに、レディング博士であればきつい言葉を口にするだろうが、さほど悪い状況ではない。ときおり、ちょっとしたことで記憶が蘇り、体がすくんでしまうことはある。歯医者の窓に描かれた歯の輪郭。山の絵。痛ましい顔で通りに立っている男。だが、それと同じほど、我々はしばしば夜の星空を見上げ、ロウカにはどのように見えたのだろう、とまた考え込む。たとえ何があろうと、我々は何かを信じたのだ、と自分たちに言い聞かせようとする。それのどこに問題があるのか?

フロスト・マウンテン・ピクニックの虐殺

Frost Mountain Picnic Massacre

去年、ピクニックの主催者たちは私たちを爆撃した。年を追うごとにひどくなっていく。つまり、年々犠牲者の数が増えている。「フ《F》ロスト・マ《M》ウンテン・ピ《P》クニック」はいつも、私たちの街における不安要素だったし、とりわけ虐殺は最悪だ。爆撃ラインの上にレジャーシートを広げてはいなかった人たちさえも、宙を舞う隣人たちの手足が当たって意識を失ったし、少なくともフロスト・マウンテン山麓の黒い土が目のなかや爪の下、体のあちこちの穴に入ってしまった。リンゴのダンプリングや綿菓子の屋台、体重当てブースなど、最初の爆風で吹き飛ばされなかった店も、新たにできたクレーターのほうにゆっくり傾き、弱々しく虚ろなグシャッという音とともに倒れていった。爆撃ライン沿いにいて命は助かった数少ない人々も、少なくとも木の上まで飛ばされてしまった。

その前の年は、ポルカの楽隊の大音響が、遠くでぱらぱらと響くライフルの銃声をかき消した。キャラメルアップルに齧りつこうとしていた大人の男性が、突然、猛烈な勢いで転げ回る様子は、首から吹き出す血がその動力になっているかと思えた。年をとった女性は腹を押さえ、笑い転げているティーンエイジャーの集団のなかによろよろと突っ込んだ。誰かが自分のファンネルケーキに突っ伏した。そして一日中、私たちは五里霧中といった体《てい》で歩き回った。

ある年、「独立戦争再現協会」のマスケット銃にはどういうわけか実弾が入っていた。別の年には、ピクニックの「ジャンピングハウス」で遊んでいた子供たちがみな、放射線に被曝して死んでしまった。また別の年、ピクニックもたけなわというときに、移動式トイレの三分の一には毒ヘビがいることが判明した。ピクニックで熱気球に無料で乗れた年に、笑ってかごから手を振り、上昇しながら写真を撮っている人々を乗せて飛び立った気球は、どれ一つとして戻らなかった。

それなのに、私たちは毎年、街の波止場地区にある古風な埠頭に何百人と大挙してやって来ては、フロスト・マウンテンまで連れていってくれる船を待つ。丘の上にある駐車場で、私たちは子供たちの鼻に日焼け止めを塗る。カンバス地の大型バッグをごそごそ漁り、フルーツのスナックや予備のゴムサンダル、バンドエイドや紙パック入りジュースが入っていることを確認して、船の準備ができるまでの二十分間に必ず生じる、子供たちがあれこれ欲しがって落ち着かなくなるという事態に備える。何としてでも早めに列に並ぼうと、駐車場から駆け下り、川に浮かぶ巨大な白い船を目指す。

ロープで仕切られた私たちの列は長く、幾度となく折り返し、その先にようやく、青いビニールの日よけのついた乗船用のデッキが見える。いざ出発という時間になると、列は前に動き出し、私たちをデッキまで導いていく——そこに甲板員たちがいて、私たちをさまざまな船に均等に割り振る。そして、川の上流、街の北にそびえるフロスト・マウンテンに向かう。甲板にいる私たちはそのうち、青々とした草地を目にすることになる。色鮮やかなテントやきらめく移動遊園地の乗り物があちこちにある。その光景すべてを包み込むような、信じられない高さのフロスト・マウンテンは、冷ややかで青い荘厳な姿で空に聳えている。

フロスト・マウンテンの麓での行楽の魅力的な光景に惹きつけられ、私たちの多くはまたも、今年こそは違う、この先にあるのは娯楽とレジャーに満ちた一日なのだ、とみずからに言い聞かせる。だがそのうちに、乗り物のどれかが倒壊するか、料理のテントの近くにあるトラックに載ったプロパンガスが爆発して、何十人と死者が出てしまう。

もちろん、もう行かないという人は年を追うごとに増えていく。市民集会が毎年開かれ、私たちはフロスト・マウンテン・ピクニックを非難する。国民議会メトロ・パークにある無人のテニスコートに集まり、無料の袋入りピーナッツも焼きカボチャも、無料のビールもトラクターの試乗も、花火大会ももうごめんだと誓う。

私たちは顔を真っ赤にして、ピクニックを主催している各種の委員会や官庁、正体不明の民間企業を相手に一致団結して立ち向かおうと誓い合う。それ以前の年に負った傷のせいで、松葉杖で歩いていたり、眼帯をしている人々の数は年々増えている。死んでしまった家族の写真を掲げ、悲しみで胸を叩く人々の数は毎年増えている。怒りのあまり互いの話を遮り、先に話してもいいかと聴衆に訊ねる人々の数は、年々増えている。毎年、忠誠の誓約書に署名がなされる。毎年、フロスト・マウンテン・ピクニック参加を自粛するという提案がなされて満場一致で可決され、それでも毎年、例外なく、結局はみなピクニックに参加してしまう。

最も声高にピクニックに反対する人々とはたいてい、最も熱心にピクニックに参加しようとする人々でもある。船を待つ列に割り込み、駐車場でデモをする五、六人の熱心な反対派に最も侮蔑的な態度を見せるのは、たいていそういう人たちだ。

並んで船を待っていると、子供たちは地面に顎をこすりつけ、私たちの足を額で押してくる。子供たちが地面を転げ回って口汚い言葉をわめき、ぐるぐる走り回って意味不明な叫び声を上げているあいだ、私たちはポケットに入れた車のキーをいじり、ぼんやりと船を待つ。普通なら、そんな行儀の悪い真似を子供たちには許さない。だが、私たちは理解してあげようと努める。子供たちは痛ましい顔をしている。

列で船を待っていると、子供たちの頬はうずき始め、フロスト・マウンテン・ピクニックでフェイスペイントをしてもらうまで、そのうずきは収まらない。子供たちはみな、目には見えない猫のひげをもって生まれてきたのだ、と私たちは理解するようになった。どの子供にも生まれつき、目には見えない犬の顔がある。目には見えないアメリカ国旗の顔、虹色のあご、それに湾曲した深い海賊の切り傷を持って生まれてきたのだし、それがないとなると、少年少女期をずっと苦しんで過ごすことになる。すべての子供は、心焦がすようなちょっとしたイメージを顔に隠し持って生まれてきたのだし、それがないとなるとひどく不安になってしまう。その痛みを和らげられるものといえば、フェイスペイントのブラシだけ——その刷毛が動くたびに、子供の顔に秘められていたイメージがあらわになる。良き親であれば、誰でも知っていることだ。

十年前、ピクニックもたけなわというときに放たれた二十五頭のマウンテンゴリラという形で虐殺は始まった。犠牲者のなかには、ばらばらに引き裂かれてしまったルイーズ・モリスという小さな女の子がいた。その前の年、クリスマスの野外劇でルイーズが聖母マリアを演じていたせいか、それとも彼女の両手足をばらばらの方向に引っ張っていた三頭のゴリラの顔に浮かんでいた残忍な表情のせいか、それとも、その日殺されたほかの子供たちよりも彼女がずっと可愛らしく、行儀も良かったせいなのか——理由は何であれ、ルイーズ・モリスの死は地域に深い衝撃を与えた。

その年の市民集会はどれも、完全な決起集会になった。一ヵ月にわたり、地元の新聞は連日ルイーズ・モリスの写真を一面に掲載した。私たちは黄色いリボンをつけて教会に通ったし、街の小物屋が「ルイーズを忘れないで」Tシャツを売り始めると、たちまち大人気になった。市議会からのきわめて強い圧力を受けた地元の動物園は、ジジとタフィー、そして生まれたばかりのジョジョという貴重なゴリラの一家を手放して、それぞれセントルイスとカルガリー、そしてクリーブランドの動物園に売却することを余儀なくされた。

教育委員会は、市区のカレンダーにルイーズを悼む週末の三日間を追加したうえに、二学区離れたところにある学校への抗議活動を行い、その学校のマスコットを「ブライトンビル・ゴリラズ」から「ブライトンビルの稲妻」に変更するよう要求した。相手の教育委員会から何ら公式の措置がないとなると、突然、公立学校での進化論教育への反発が局地的に盛り上がった。文書での指示もなく、地域にあまねく広がる道徳的な叫び声のみに導かれ、教師たちは次第に、私たちの祖先とされるゴリラに似た生き物が先史時代の世界を重々しく歩き回る姿を描いたラミネート加工のポスターを教室の壁から外すようになっていった。

ルイーズの死に対する地域の反応は激烈だったため、それによって生じた変化のすべてを把握することはできなかった。一つの変化と別の変化との区切りはどこにあるのか、よく分からなかった。ゴリラへの憎しみのせいで、ついには私たちは姿勢の悪い大柄な男性に対して不信感を抱くようになり、それがキャッスルバック市長の弾劾につながったのかもしれない。私たちは口には出さなかったが、その地の森林がゴリラの生息地として知られているか、あるいはそう推測されるような遠方の国一般への恐れが、ケニアからの四名の交換留学生の追放の一因になっていたのかもしれない。ルイーズの死と結びついた変化のすべてに、多くの長所と短所があり、多くの複雑な事情と中途半端な態度があったため、予測は困難だった。実際、そのなかでも変わらなかったのはただ一つ、フロスト・マウンテン・ピクニックだった。

市民集会が下火になると、翌年のピクニックの宣伝が私たちの目に入るようになる。当然ながら、最初の反応はさらなる怒りだ。だが、宣伝が何ヵ月も何ヵ月もしつこく続き、広告塔やバスの車体広告で目にし、ラジオのCMで耳にし、地元のニュースでは近づきつつあるピクニックについての甘い約束が放送されているうちに、私たちの態度は決まって軟化する。誰も自分からはっきりとは口にしないが、集団的な思い込みとして、あれほどまでに大々的にピクニックの宣伝がされているからには、諸々の問題は解決されたに違いないと思ってしまうようだ。あれほど耳に心地良いCM音楽が作られて、ニュースキャスターが気象予報士といかにも淡々とピクニックの話をするということは、ピクニックに害はないに違いない。近づきつつあるピクニックに断固反対する、という私たちの誓いはぐらつき始める。そうした宣伝の底抜けに明るい雰囲気によって、前の年の不運な出来事は祓《はら》い清められる。

怒りの炎を絶やさない少数の市民たちは、必然的に、前進していくことを拒み、不和を生きがいにする者とみなされる。彼らが町のあちこちで演説して、過去の虐殺についての事実が書かれたパンフレットを持って通りの人々に近づくと、陰謀論者とか偏執狂と呼ばれてしまう。でっち上げか、自分たちのパラノイア的妄想にとって都合のいいことだけを選んでいる、と非難される。そうでなければ、確かに一理はあり耳を傾けるべきかもしれないが、あんな不愉快な方法で主張をして、街角でプラカードを掲げることをやめようとせず、私たちの車のワイパーにチラシを挟んでいき、さも独善的で押しつけがましいと台無しだな、と言われたりもする。つまるところ、こうした反対派が私たちを納得させるのはただ一点、ピクニックに参加しなければ、「正常な」世界から外れてしまう、ということだけだ。

船を待って並ぶ私たちは、めいめいが「ルイーズを忘れないで」Tシャツを着ている。無料のアメリカンドッグや無料のソフトクリーム、無料のパーティーハットはいつ出てくるのかとやきもきする。子供たちは声を張り上げ、ぱりっとした制服姿で列を縫っていく甲板員たちの脚にしがみつく。きっちりプレスがかけられた水色のズボンと、同じ色のタイを半袖のボタンダウンのシャツにたくし込んだ男たちは、大げさな笑顔を浮かべて子供たちに応える。その一人が片膝をつき、平らな白いキャップを子供の頭に載せる。その子が金切り声を上げ、キャップを取って引き裂こうとすると、甲板員は愉快なものでも見たように笑い出す。

甲板員たちの愛想のよさはわざとらしいもので、子供たちの狂暴な振る舞いのせいでさらに信じがたく思える。顔にペイントをしてもらおうと必死な子供たちは地面で体をよじり、乗船タラップに向かう甲板員の背中に向かって呻き声を上げる。日よけの下の持ち場に着くと、甲板員たちは長い列をときおり振り返り、大げさな笑顔をさっと振りまく。彼らが興奮したように手を振ると、その仕草で子供たちの熱狂にまた火がつく。

さまざまな機会に言われてきたことだが、子供たちの顔をめぐる問題は、実際には肉体的な不快感ではなく、わがままを許してもらえないことのある子供にありがちな、感情的な不快感なのかもしれない。それにまた、そもそもフェイスペイントはないほうがいいのかもしれないし、もっと踏み込めば、それがないと子供たちが凶暴になるようなものは、ことごとく不要なのかもしれない、とも言われてきた。ひょっとすると、顔に隠れたままのイメージを子供たちに味わわせて、個人的な興味や朗らかな性格が徐々に発達するなかで少しずつ引き出されてくるようにしたほうが、ぞんざいに描いてもらうよりも個性を引き立たせてくれるのかもしれない。

とはいえ結局は、私たちの誰もそうは考えられない。つまるところ、次の日に子供たちが染みになって消えかけたペイントを顔につけたまま学校に行くとなると、誰ひとり、自分の子供には顔に何もないという立場に陥ってほしくないのだ。子供が仲間外れにされたり、冷やかされたりするのは避けたい。良き親として、私たちは子供には成功してほしい。それがどれほど表面的なものであれ、そうしたささやかな成功がいつかはより深く、意義ある成功につながるものと願ってやまないからだ。私たちはみな、子供たちが社会的な意義のあるものを持たないせいで言いがかりをつけられることは避けたい。誰にも、自分たちの子供がそうした目に遭って耐えられるという自信はない。

私たちの誰も、子供たちにははみ出し者になってほしくない。誰も、子供たちに犯罪者や変質者にはなってほしくない。マリファナを吸うようになったり、過度に自慰に耽ってほしくはない。私たちの誰も、子供たちにホームレスにはなってほしくはないし、奇妙かつ病的な性癖を身につけてしまい、放尿されたり縛り上げられたり尻にタバコを押しつけられたくないという理由だけで望みうる完璧な交際相手が離れていってしまう、などということにはなってほしくない。私たちの誰も、子供たちが公園をうろついては、他人の犬を盗み、残忍で想像すらできない行為に及ぶようにはなってほしくない。誰も、黒いトレンチコートを着た子供たちが午前のミサを終えた教会の表で待ち構えていて、立ち去ろうとする人々に、打ち身傷があって性的に興奮した性器をがばっと見せるようにはなってほしくない。かつては小さく可愛らしかった性器、かつて私たちが愛おしげに布おむつのなかにたくし込んだ性器を。私たちの誰も、自分たちの子供がいたぶったばかりの恥部を披露して、熱心に教会に通う年配の人々が叫び声を上げて逃げ惑い、嫌悪感もあらわに呻き、キャディラックのキーをごそごそ探り、虚しく目を覆うなどということにはなってほしくない。

そうした子供たちを生み出してしまった人々を断罪するわけではない。ただ、自分たちの身には起こってほしくない。子供たちの成長にさほど関わろうとはしない親たちですら、ペイントのない自分たちの子がジャングルジムから突き落とされたり、服入れの棚に頭を突っ込まれた治療代を払うのにはうんざりしている。そうした親たちですら、自分たちの子供が「ペイントなし」や「つる顔」、「モホモホノーペイント」などというあだ名をつけられるのには我慢がならない。そうした親たちも、だいたいは分かっているようだ。

ピクニックの責任者である組織や官庁は、私たちにははっきりとしない謎のままだが、完全に情報を遮断されているわけではないことは言っておくべきだろう。ただ単に、発するべき正しい問いを私たちが知らないか、どこで訊ねるべきかを分かっていないだけなのだ。

ある年、「愛のトンネル」で二十組の若いカップルが感電死してしまった後、私たちの多くは官庁や民間のオフィスに押し掛けて説明を求めた。だがどこでも、つんと澄ました職員が、当方はピクニックとは何の関わりもございませんので何の情報も提供できません、と言うばかりだった。そうでなかったとしても、当方はほんの小さな役割しか担っておりませんので、手元にあります資料といっても、当日の公園使用を予約する届出用紙か、ピクニックのための一時的な酒類販売許可証などの些細な書類のコピー程度です、と言われた。

どこでならもっと情報が得られるのか、どの部局が最も責任を負っているのか、と私たちの誰かが訊ねると、職員たちは決まって、私たちが理不尽なことを言っているような困った顔つきになる。そして私たちも、どの部局もほんの小さな一部でしかないような巨大な仕組みの存在に気がつくようになると、自分たちが理不尽な要求をしていると認めざるをえなかった。私たちが前にしているのは、人の道を外れた役人や名ばかりの条例などではなく、地方自治体と民間企業の複合体であり、その複雑さには私たちの力は及ばないことが明らかになった。

職員たちはせいぜい、ピクニックを主催しているというおぼろげで巨大な多国籍企業のことを口にするのが関の山だった。だが、そんな情報を与えられても、何ができるだろう？　それよりもさらに規模が大きいだけのあの組織と同じく、何かの責任を問うには巨大すぎる。それを統括する人々の権力はあまねく広きにわたるため、彼らの決定のどれかが実行に移されるという段になると、悪天候の責任を彼らに問うているようなものだ。それに、すでに自分が目障りな存在になっていると自覚している私たちは、職員が鼻梁をつまんで眼鏡の位置を直す仕草により、彼らの周りには意思伝達の高い壁が築かれていて、それにはしかるべき理由があるのだと気付かされた。

私たちは押し黙って、そうしたオフィスからふらふらと出た。恥ずかしい気持ちが怒りを和らげた。唐突に、職員たちに陰謀論者や偏執狂だと勘違いされてはいないだろうか、と不安になった。気落ちした私たちの多くは、オフィスに戻って謝罪した。

実を言うと、子供たちのためと言いつつも、同じくらい自分たちもフロスト・マウンテン・ピクニックに参加したい気持ちに駆られている私たちのほとんどは、そもそもピクニックで楽しみにしていたものは味わえない。

手作りコーナー、ふれあい動物園、いかにもお祭りと言った色の胴着姿の何十人という音楽隊や大道芸人たち。いざ手にしてみれば、あれほど期待していた出し物は少しばかりつまらなく思えてしまう。無料の料理のように文句の付けようがないものでさえ、私たちがその振りをしているほどは満足できるものではない。アイスクリーム揚げや砂糖をかけた平たい菓子に突然胸焼けがしてしまい、私たちは結局それを捨ててしまう。ついさっき、船を待っているときには、何だって食べられるよと大口を叩いていたというのに。

私たちは大挙して古くしょぼくれたメリーゴーラウンドに座って仏頂面になり、動き始める前から、早く終わってくれないかと願う。逆に楽しそうな子供用の乗り物も、どこか無理をした偽りのものに思える。メリーゴーラウンドに乗った私たちは、周りで馬にまたがる仲間たちを見て、前に進もうと踏ん張り、互いを出し抜こうとしている振りをする。またがった馬から大げさに身を乗り出し、私たちは手を叩いて喝采して、無理矢理上げた空虚な笑い声のせいで喉が痛くなり、甲高く弱々しいその声に涙が滲む。

フロスト・マウンテン・ピクニックの出し物が、私たちを楽しませるためのものだということは分かっている。ウォータークーラーのそば、あるいはレストランで、私たちは食べきれなかったキャラメルコーンの缶のことや、観覧車が遅くてギシギシ音がしたことを、大切な思い出のように語り合う。

無料のあれやこれやを期待しつつ、ピクニックが楽しみで待ち遠しい、と私たちは自分を騙してみせる。気前良くもらえるものに、心のなかで偽りの価値を与える。そうでなくても、私たちは、ピクニックに参加することはずっと昔からのロマンチックな行事への敬意の表明であり、伝統そのものだと考えようとする。

フロスト・マウンテン・ピクニックから逃れようとする私たちが直面する問題の一つに、市民集会では決して大々的に話し合われないことがある。街中のオフィスがそろって、ピクニックにささやかに関与するが本当の知識や責任はないと主張するように、私たちの多くも、程度の差はあれピクニックに関与しているのだが、自分たちでもそうとは気付いていないという事実だ。

地元の企業、社交団体、ボランティア団体、地元ラジオ局やテレビ局や地方の公益事業はみな、フロスト・マウンテン・ピクニックを統括する者たちの後援か出資か寄付を受けている。地元の食品雑貨店でオレンジを一袋買ったり、自動ドアのそばに立っているサッカーのユニフォーム姿の少年の持つミルク瓶に二十五セント硬貨を入れたり、店のスピーカーからだらだらと流れるラジオのトップ四〇を聴いたり、自分たちの家で照明のスイッチを入れたりトイレの水を流したりする——すると私たちは、フロスト・マウンテン・ピクニックに何らかの貢献をすることになる。私たちの関与はピクニックへの参加だけに留まらず、水道水を飲みたいとか、新鮮なフルーツを食べたいだとか、トイレに行きたいと思うことにまで及んでいる。

それだけではない。そうしたことを我慢できたとしても、いたるところにある矛盾や憶測は、合わせてみれば不吉なものになる。私たちの預金通帳に周期的に発生する銀行側の手違いの隣には、「FMP」という文字が打たれている。そして毎週、私たちの給与からは、見知らぬ団体による、かなりの額の不可解な天引きがされている。

小児白血病のための基金を集めようとしたロータリークラブが、後になって記録を調べてみると、その収入の大部分は何かの手違いでニュージャージー州にある綿菓子の卸売業者に送金されている。ピクニックの二週間前になってハイウェイパトロールから電話があり、警官未亡人基金に寄付をお願いできませんか、と言われたとき、フィラデルフィアからメキシコシティ、そしてアンカレッジを経由していたその通話は、十七ドルの請求書となる。

街の道路の穴をどう修繕するかという委員会にボランティアとして参加してみれば、それがどういうわけか、官庁の地下での郵便物の準備をさせられている。道路の穴とは何の関係もなく、そこにある外国語のパンフレットに載っている写真には、「楽しい《lustig》」や「幸せな《glücklich》」といったけばけばしい色の言葉の横で、笑い合ってアメリカンドッグを食べ、移動遊園地で遊ぶ一家が写っている。

年に数回、紺色のスーツを着た男たちが街に押し寄せる。事前の通知も、それと分かるような規則性もなしに、至るところに彼らは姿を現す。スモークガラスの大型セダンをゆっくりと乗り回す。郵便局に行けば彼らが何十人と列に並び、茶色い紙にきっちり包まれて青い宛先ラベルが貼られた、まったく同じ小包を出そうとしている。官庁の表に立ち、スーツの袖に向かって話しかけている。レストランでは抑えた笑い声とタバコの煙のなか、彼らの大集団が陣取っている。たいていは年配の男たちだが、髪はきっちり手入れされ、肌は日焼けしていて、見事な白い歯並びと高価な腕時計を見せている。公園のベンチに三人で腰掛け、教会や病院や小学校の表で測量用の水準器にかがみ込んでいる。どのようなタイプの建物にも四六時中出入りしている。そして、やって来たときと同じように、彼らは唐突に姿を消す。

そのような捉えがたい現象を、どう考えればいいのか。一からげに考えるべきなのか、別々に考えるべきなのか、関連づけるべきなのか。だが、総体や相違がどうであれ、そうした出来事は、フロスト・マウンテン・ピクニックが避けようのないものなのだという感覚を強めていく。はっきりとは口にされないが、人々はみな、自分たちが何をしようと結局は無駄なのであり、ピクニックや虐殺、その裏にあるからくりを変えることなどできないと考えているようだ。

私たち自身は無力なために避けようもないが、子供たちはいつかピクニックから逃れてくれるだろうか、と考えている人は多い。市民集会が終われば、私たちのほとんどは忠誠の誓いや誓約書を破ることになるとすでに分かっている。おどおどして、無力感を抱えながら、私たちは集会を後にする。とはいえ、何人かはその機会にふと立ち止まり、次の世代がいつか奮起して、私たちの独りよがりな因習を打破してくれるだろうかと話し合う。

まだ迫撃砲の轟音が耳にこだましたり、ゴリラの悪臭か火薬の匂いが鼻に残ったりするなか、ピクニックから帰宅する途中、私たちはステーションワゴンやミニバンの後部座席で眠る子供たちにちらりと目をやる。私たちはたいてい、虐殺がかすめていったために包帯を巻いているか、「ルイーズを忘れないで」Tシャツを破いたぼろ布で作った間に合わせの吊り布に腕を入れている。唇は切れ、鼻は血にまみれ、ハンドルを握る手は汗をかいている。私たちは虐殺が始まった瞬間を思い出す。最初の爆発か銃声、聞こえてきた飛行機の低い音、足の下で揺れる大地。バックミラーに映る子供たちの安らかな寝顔に、月の光がかかる。見苦しくこびりついたペイントの奥に、ピクニックのせいであれほど我がままになってしまう前の子供たちの姿が見える。

幹線道路から出口にゆっくり向かっていると、私たちは思い切ってハンドルを逆方向に切り、どこか遠くの街、ピクニックの手が及んでいない土地に走り去りたい気持ちに襲われる。夫や妻は何も言わず、説明も求めないだろうし、私たちの家に向かう出口が過ぎていっても振り返りもせずに、ともに前だけを見つめ、高揚感を顔に滲ませるだろうとは分かっている。

そうした妄想は魅力的だが、現実的ではないため、私たちは子供たちに希望を託す。並んで船を待っているときに初めてよちよちと歩き出し、ペイント師や曲芸師たち相手に初めて言葉を発し、ピクニックの塩キャラメルやリコリス味のキャンディーで初めて乳歯が抜けた子供たち。成長するにつれて、私たちが何も分かっていないと言いたげに、ピクニックについて説明するようになる子供たち。私たちがフロスト・マウンテンを口にしようものならあざ笑い、ガムをパチンと破裂させて友達と笑い合い、私たちの年齢と的外れな言葉がピクニックの存在自体を脅かしてしまうと言いたげな子供たち。

汽笛が鳴り、並んだ人々に前に進むよう促す。私たちがどれほど長く船を待っていたとしても、あるいはどれほど気がはやっているように見えたとしても、汽笛の合図があり、群衆が前に動き出すまでには、いつも一瞬の間がある。その瞬間、私たちは思い出す。ある年、ピクニックから離れていく船が何隻か転覆してしまったこと、乗船していた人々はみな、驚くほどかさばる救命ジャケットを信頼したまま、石のように川底に沈んでいったこと。あたりを見回し、咳払いをして、肩をすくめる一瞬。

対岸では、紺色のスーツの男たちによる小編成のオーケストラが、ベートーベンの『英雄』第二楽章の演奏を始める。遊園地の大型テントに集まった彼らの演奏は巧みなものだ。まだ出番が来ない楽団員たちは立ったままぴくりとも動かないか、鼻にかかるサングラスの位置を直すか、三つ揃いのスーツの袖に向かってゆっくり話している。川の音越しに聞こえる曲は奇妙に響く。重苦しく立ちこめる音。

その明晰で不安な瞬間に、何かがピクニックに対する義務感から救い出してくれはしないか、と私たちは願う。子供たちが列から離れ、まったく想像もつかないほど激しい癇癪を起こしてしまったという気まずさからの救い。その瞬間、私たちは古くからの気持ちがわき上がるのを待つ。先祖たちが持っていた、変化を恐れない情熱。その変化がどれほど急進的で危険であっても、あるいは——急に苛々して怒った顔になった甲板員たちが、前に進むよう私たちに身振りをしている——どれほど不可能であっても。

ハーレムでの生活

Life in the Harem

まず言っておくが、私は男だ。ただ、王が心底から異性愛を好むのに私がハーレムにいるのは変だ、というだけでは、私の任命の不可解さは伝わらないだろう。私は自分に関して何の幻想も抱いていない。私の外見には欲望をそそるようなものは何もない。以前は王の事務官の一人であり、元帳にかがみ込んで人生のほとんどを過ごしてきたために、背骨は湾曲してしまった。私の両手は、軽石で羊皮紙の表面を擦るせいでたこだらけ、羽根の筆をナイフの先で削る動きがそそっかしいために傷だらけになっている。かなり腹が出ている。肌も白目も黄ばんでしまっている。歯並びは悪いうえに、全能なる神はそれでも足りないと思ったか、私を禿にすると決定され、残された髪といえば、うなじから耳の後ろにかけてのあたりであり、しかもどういうわけか、そのあたりの頭皮は乾きやすく、痛々しいにきびもしょっちゅうできる。その私が、なぜ?

それは一度たりとも教えてもらえなかった。ある夜、私は王の衛兵二人によって寝床から引きずり出された。自分がどのような罪を犯したのかを思い浮かべようとしたが、衛兵によって宮殿の暗い廊下を引っ立てられていき、二人のランプのみが行く先を照らしているなかで思い付くのはただ一つ、二ヵ月前、よく晴れた春の日に、ぼんやりと窓の外を眺めて午後を過ごしていたときのことだけだった。

その日、王は事務官たちの働く部屋まで来ると、大きな川に巨大な橋をかけられないか、と私の上官と話し合っていた。橋があれば、宮殿の北にある森にずっと早く入ることができる。狩りを愛する王はその橋を造りたいと言い張り、そのような計画は財政的に不可能です、と上官たちがあの手この手で上申しても耳を貸さなかった。橋をめぐる議論は白熱したが、上官たちはしばしば要求される慎ましさをもって話すほかなく、一つ一つの論と反論を「もちろん、賢明なる陛下ですからお気づきのこととは思いますが……」や「よもや陛下がすでにお分かりでないはずもございませんが……」といった調子で切り出していた。

王国を実際に管理していくという困難な課題は、私の上官たちをはじめとする顧問にすべて任されていた。したがって、王が管理すべきものは自身の欲望のみだった。みずからの欲望をかくも熟知している身では、そうした会話は重荷だっただろう。橋に関する議論のなかで王は声を荒げ、ときには話の途中で椅子を蹴り倒し、上官の一人を殴り倒した。王は巨漢の熊のような男だった。手足の力は強く、見事な腹回りだった。その手の不興は恐ろしくはあれ見慣れたものだったが、その日にかぎっては、私は王の癇癪を見ていられなくなった。

王が部屋の反対側で荒れ狂っている間も、他の事務官と同じく、私は黙って持ち場に座っているべきだった。小さな机には処理すべき書類や複写すべき王室の覚書が溢れんばかりになっていた。そばにある窓からは、宮殿にある多くの庭園の一つが見渡せた。外では、木々の葉がそよ風に揺れていた。鳥が一羽さっと舞い降り、空に柔らかな曲線を描いた。その窓からは、世界はどこか深く思わせぶりに見え、私は顔が赤らむのを感じた。夢見心地になった私の喉から、出し抜けに声が漏れた。呻き声が。

その声自体は覚えていないが、王の横暴の波を中断するに十分なほど大きい声だったに違いない。すべての目が私に注がれた。上官たちは口をへの字にして私を睨みつけ、王による今回の謁見を生き延びられた暁には、私の礼を失した行為を罰することこそが次の目標だと言いたげだった。だが、王は黙って無表情に私を見つめるばかりだった。上官を打ち据えていた椅子を頭上にまだ振りかざしていた。だが、私を見つめるうちに、王は上官たちを殴り殺そうという気持ちを失っていったようだ。椅子を下ろすと私から目を離さず、私も目を伏せはしなかった。私は恐怖心で動けなかったし、煽情的な表情を消すこともできなかった。王はどうにかして私に話しかけ、私がつい先ほど立てた声を出させたがっているように思えた。それから、急に気まずそうな様子になると部屋から出ていった。その後は、王は橋をかけたいという興味をまったく失い、もう二度と口にはしなかった。

かくして、連行された夜に、王に対して何かの越権行為をしたとすれば、私に思い浮かぶのはその呻き声の一件のみだった。だが、王がその罪の何たるかをすでに知っているのなら、告白したところで何になるだろう。それに何よりも、自分自身でも完全には分かっていない罪を告白したところで何になるのだろう?

ところが、衛兵たちはその手の告白を引き出すことには興味を示さなかった。彼らは私の服を脱がせた。私の裸体をあざ笑い、王は一体何を考えているのかと口にした。それから、小さな包みを私に渡した。それがハーレムでの私の服になる——薄くたなびくズボン、房飾りの付いたトルコ帽。そして半丈のベストは、私の下腹だけでなく、ノスリのような痛々しい首の曲がり具合をさらに際立たせていた。

衛兵たちに押されて狭い扉を抜けると、月明かりに照らされた大きな部屋に入った。二人は私の後ろで扉を閉じたため、ランプなしでは、女たちの園の青みがかった銀色の暗がりのなか、何も見えはしなかった。だが、かすかな月明かりに目が慣れてくると、暗闇のなかから何百という天蓋付きの寝台、寝椅子、そして遠くの都市のような天幕が見え、そしてその至るところに、無数の女たちが熟睡している姿が浮かび上がってきた。

毎夕、ハーレムで鐘が鳴ると、女たちと私は二列に並ばされ、その長い列はハーレムをずらりと横切る。確かに、典型的な特徴はある。若く艶《なまめ》かしい女たち。首飾りの下にはちきれんばかりの乳房、そして美しく丸い洋梨のような腹。

しかしながら、いささか陳腐ではあるがいかにも美人といった女たちだけでなく、王は醜聞となるほど若い女たち、いや少女たちも加えていた。自分の母親でも、さらには祖母でもおかしくはない女たちもいた。痛々しいほど痩せた、鳥のような女たちや、山のような巨体の女もいた。

体のどこかの部位が欠けている女たちもハーレムには多く、王は彼女たちを一度に二、三人、尽きることのない組み合わせで呼び出していた。今夜は両腕のない女と両耳のない女。すると次の夜には片脚だけの女と両脚のない女、あるいは足の指が七本の女と舌が半分しかない女、あるいは片目の女、歯がなく、喉に穴のある女。こうした組み合わせに、王は体の部位が通常よりも多く生まれてきた女たちを加えており、それにより、目も眩むほどの数の可能性が生じていた。

そうした特徴──目なし、腕が三本、口なし、鼻が二つ──に、先に述べた体格や年齢を考慮に入れるならば、さらに組み合わせは膨大になる。両目がなく痩せこけた女、腕が三本あり若すぎるかもしれない女、口はなくいくぶん太った女、鼻が二つで年寄りと言っていい女。

当初は、これは王が醜悪な対象に欲情する証なのかもしれない、と私は考えた。私がハーレムにいる訳も、それなら理解できる。だが、こうした女たちの多くがいかに珍しいとはいえ、彼女たちがみな美しいことは否定できない。両腕のない女は、左足でつかんだ銀の櫛を使い、長く赤褐色の髪を梳く。指のない女は右の手のひらに頭を預ける。バルコニーの大理石の出っ張りに体を預け、彼女はぼんやりと歌を口ずさみ、微笑み始める。こと女性の美となると、詩人たちは間違っていたと痛感させられる。偉大なる詩において描かれる女たちの体つきとは、完璧な体の均整であり、理想の動きの調和である。しかし、ハーレムの女たちを見れば、女性の美とはそのような均整や調和にはないことが分かる。むしろ、美とはとらえがたい本質であり、拡大も収縮もするうえに、どのような身体にも宿りうる。

とはいえ、私には女性についてさしたる知識がないことは認めておこう。ハーレムに押し込められる以前の私が裸を見た女性といえば一人きりだった。そのときの地位に必要とされる多くの職務の一つにより、馬にまたがって地方の小さな村を通ったときに、小屋の窓の鎧窓がうっかり開いたままになっており、乳房が剝き出しの女がかがんで子供を抱き上げようとしている姿が目に入った。落ち着いて打ち解けた様子で動いているその女の姿に、私は心をかき乱された。その後の何日もの間、私は寝床で眠れず、彼女の姿と、かくも内密な瞬間を目にしてしまったことへの罪悪感に苦しんだ。ここハーレムでの経験に似ていなくもなかったし、ここにいる、目を見張るような女たちを眺めていると、私は驚異と恐怖の念に襲われる。
要するに、王は果てしなく多種多様なかたちにおける美を明らかに賛美しており、醜悪さへの傾倒ではなく、その美を崇拝する気持ちから、みずからの周囲にそうした女たちをはべらせているのだ。それがゆえに、王が男を恋人にするとしても、惨めでかつ美とはほど遠い私が選ばれるのは筋が通らない。望みさえすれば、王は美しい若者たちを周囲にはべらせることができるのだから。

女たちと私が整列すると、王の間に誰を呼び出すべきかを指示する紙を持ち、三人の衛兵がその列をじっくりと眺めていく。ハーレムに来て最初の数週間、私は一度も選ばれなかったが、二人の下位の衛兵はよく私のところで足を止めてからかった。図表や書類を次々に調べつつ女たちを選び、王の選択を実行に移す責任をもっぱら負っていた三人目の隊長は、ときおり哀れむような目を私に向けるのみだった。無言のまま、決意をみなぎらせて列を進んでいく彼の目は、こう言っているようだった——お前ではない。まだだ。

最初の頃、ハーレムでの私の日々は二つの異なる不安のなかで過ぎていった。一つ目は、美しい女たちに囲まれているせいで、欲望でいっぱいになってしまうことだった。もちろん、彼女たちに手をつけようなどとは思わなかったし、彼女たちの方も、私にその気があると考えるほど人間不信ではなかった。むしろ、ハーレムの女たちは私を寛大に受け入れてくれた。その優しさが、さらに不安をかき立てた。私と一緒に礼儀正しく暮らすことのみを望んでくれた彼女たちの寛大さは分かったが、私は彼女たちに対して覚える欲望をひどく恥ずかしく思った。情けないことに、私は彼女たちを目で追うことをやめられなかった。ハーレムでの彼女たちのあらゆる動きに目を奪われ、話すときの声音にうっとりとなり、彼女たちが通り過ぎるときには花びらやショウノウの香りに鼻をくすぐられた。小さな噴水のそばに座り、胸に水をかけつつ連れに話しかける女。その水が、彼女の小ぶりで美しい乳房を流れ落ちていくさまを、私は見守った。水浴びをしている女性の連れが私の視線に気付き、彼女の耳に何事かを囁きかけた。すると水浴びをする女性は慎み深く私に背を向け、体を洗い続けた。不快感や怒りによってではなく、こうした静かで実用的な動きによって、ハーレムの女たちは私の欲望に対処した。私のいるところでは体を隠し、控えめに振る舞うようになった。さりげない慎しみによって、私が裸を見ずに済むようにしてくれる様子は、動物に残酷な真似はせずにいようと努めているかのようだった。

一つ目の不安が私を満たす欲望だったとすれば、二つ目は、宮殿のどこかで、謎めいた理由により、私が欲望の対象になっているという事実だった。私は王の愛人に仲間入りするのだろうか？　女の体を知り、彼女の口から漏れる優しき言葉の響きを知る前に、私はこの男によって触れられるのだろうか？

そう考えた私は、望まざる欲望の対象となる感覚を知った。王の欲望が私にとって望まざるものであったのと同じく、私の欲望は、ハーレムの女たちにとって望まざるものだった。もちろん、このことにより、私の欲望はさらに羞恥心にまみれた。若い女がぼんやりと太ももを掻いたり、何気なく服の裾を上げるときに目を背けるだけの意志の強さなどなく、また、噴水や風呂のそばをぶらぶら歩くときには、あからさまな下心を隠しておけず、王のせいで私が苦しむときと同じ不安と自意識により、私は女たちを苦しめていた。

ときには、こんな欲望とは無縁でいたい、去勢された宦官《かんがん》ならよかったのに、と思うこともあった。宦官なら、ハーレムの女たちを見てもまったく誘惑されないだろう。その姿は頭に届きはするが、何の意味も持たない。私はうまく彼女たちと距離をとり、しばしば向けられる無心の視線を自分からも返すことができる。大理石の床の上を女たちの尻が動き回る光景は、水車の歯車を眺めるのと同じく平凡で味気ないものとなるだろう。彼女たちの香りが合わさったとしても、木の根元に生えている茸《きのこ》の軽やかな匂い程度にしか、私の鼻をくすぐることはない。ひょっとすると、彼女たちの女らしさに吐き気に近い感覚すら覚えるかもしれない。石を引っくり返したときに慌てて土に戻る虫たちのように。だが、ハーレムの奥にいる女が髪をほどくと、私は欲望する場所を手で包んで守ろうとするのだった。

ハーレムに入って二ヵ月になろうかというとき、私は王の間に呼ばれた。ある夜、女たちと一緒に整列していると、衛兵の二人にまた選び出された。最初は、いつもの毒舌を浴びせられるだけだろうとしか考えていなかった。だが、衛兵隊長が表を眺め、そして私に目を戻し、二人の部下に素早く頷く様子を見ると、私はたちまち絶望に陥った。

外の廊下に連れ出されるときの私の心は、ハーレムの女たちへの自分の欲望と私に対する王の欲望を同種のものと考えたときの恐怖と恥の気持ちでいっぱいだった。小屋のなかにいた女が子供を抱き上げようとしていた姿と、私的な場面に私が侵入してしまったことを思い返した。女、剝き出しの胸、染みのある肌、日光を浴びて輝く腕をかすかに覆う毛。彼女を見た後の一瞬に覚えた高揚感を思い出した。その記憶は、またも恥に変わった。私が思い浮かべたのは、王が私の馬に乗ってあの小屋の外におり、小屋にいる私は胸を出したまま子供を抱き上げている、という光景だった。子供を抱いた私は、思いもかけず王のなかに生み出してしまった欲望を認識した。それは私自身の欲望でもあった。すると寒気が走った。両側を衛兵に固められて宮殿の廊下を歩いていき、想像もつかないほどの堕落に向けて足を動かしていると、自分は抱き上げられた子供なのだと思えた。母の目に宿る恐怖心を見ていると、いま抱き上げられているにもかかわらず、私は外の馬にも乗っており、通りがかりに流し目で見ているのだと知った。気が遠くなりつつ、その場面を何度も思い浮かべているうちに――急に立ち止まり、衛兵たちが止まるよう私に呼びかけていた――私は王の間の前に立っていた。

部屋のなかでは、王は書き物机のところに座っていた。重いローブの下で肩を丸め、散らばった紙を熱心に覗き込んでいた。振り返って私の到着や衛兵の退出に頷きかけることはなく、机の上にある文書をじっくりと眺めていた。部屋に明かりを与えている枝状の燭台を、王はときおり動かして読みやすくしていた。それにより、部屋にかかる影は曲がっては動き、無数の狩りの戦利品を収めた王の間をゆっくりと私の目に明らかにした。揺らぐ暗闇のなか、鹿の角や猪の牙、磨かれたオークの飾り板に入念に並べられた歯やかぎ爪が上下した。その不確かな光のなか、部屋の中央にある巨大な寝台は震えて息をしているように見え、狐の毛皮の毛布は、王の夜の営みすべてを合わせた麝香《じゃこう》のような匂いを放っていた。

低く静かな声で、王は服をすべて脱ぐよう私に命じた。

私の服は素早く脱げるように仕立ててあった。気が進まなくはあったが、私はてきぱきと服を脱いだ。おのれの尊厳を保とうと、性器は両手で隠した。だが、トルコ帽を取り忘れていたため、羽毛を抜かれた七面鳥のような、想像よりも遥かに間抜けな恰好だった。

裸で暗いなか立ち、私はハーレムの女たちのことを考えた。こうしたことに彼女たちも動揺したのだろうか、あるいは私と同じく、全裸で王の目の前に立っているという状況により、体が自分のものではないような気分になったのだろうか？　王の間に立っていると、それまではいかにも自然に思えていた体の部位が、突如として煩わしく思えたりするのだろうか？　私の性器は手のひらの下で無様に垂れ、ありえないほど異質に感じられた。彼女たちの乳房や尻といった、かつては生来のものに思えた場所、気楽な喜びであった肌の一部が急に負担となり、それを欲する者によって仕掛けられた冗談のように思えたりはするのだろうか？

王はきっちりと畳まれて床に置かれた服の山を身振りで示し、それを身に着けるよう私に伝えた。驚いたことに、その服は王自身の持ち物のようだった。私はただちに、ビロードの飾りがついた重いローブ、さくらんぼのような赤い色の長いズボン、ゆったりとした絹の肌着と刺繍の入った上着を認めた。実のところ、王がそのとき着ていた服とまったく同じものであったが、より小柄な人間に合わせて仕立て直されていた。王が私相手にどうするつもりなのかはまったく分からなかったが、どれほど前向きに考えても、私は裸で使われるのだろうと考えていた。私がその服を着込み、トルコ帽を王冠に代えると、王は立ち上がり、自身に代わって書き物机に座るよう命じた。

席についた私は、王がじっくりと読んでいた書類をよりはっきりと見ることができた。そこにはハーレムの住人たちの名簿があった。いくぶん複雑に見える名簿もあり、女たちの特徴が、円や重なり合う三角形、あるいは季節や月の相によって並べられていた。だが、そうしたささやかな付属文書のなかに、三列に分割された主たる表があった。一列目には、日付が順に並んでいた。二列目には、女たちの組み合わせ——脚がなくひどく痩せた女、三本の腕があり歯のない女、指がなく舌が二つある女。三列目には、日付と女たちに対応する、精密に描かれた男性器の絵が並んでいた。非常に若く喉に穴のある女と、かなり高齢で脚が三本の女の夜には、王は男性器を七本描いていた。一本だけからおよそ三十本の男性器までの尺度があった。

その表を私がさらに仔細に眺め始めたとき、王はそれを手に取るよう私に言った。私は渋々従った。表を片手にした私に、王は呻くよう命じた。

それだけだった。私は一時間余り呻き、王は黙ってそれを眺めた。私の呻き声にすっかり魅了されていたため、王の存在感も威厳も部屋からすっかり消えてしまい、私の喉から出るその声のなかにしか存在しないように感じられた。それが終わると、王はぐったりしているように見えた。かすれた囁き声になっていた。また元の服装に戻るよう命じられ、私は女たちの園に戻された。

私がまず推測したのは、かくも多くの美しい女たちと夜を共にしてきた王は、快楽をまったく感じなくなったのではないか、ということだった。裕福な男が金に飽き、重荷とすら感じるように。王の目には、ハーレムの女たちとの夜は快楽の源ではなく、腰の痛みとひりひりする男性自身の痛みの源に映ったのかもしれない。それならば、欲望がまったく無傷である私に目をつけたのも理解できる。

だが、私はじきにその説を放棄した。毎晩二人か三人の女たちと交わりつつも、深夜まで名簿にかがみ込んで性器の絵を描いてのける男に、もはや欲望がないとはとうてい考えられない。むしろ、そのような行動は、王が欲望で気も狂わんばかりになっていることを示している。ひょっとすると、王が厳密な方法で女たちのあらゆる組み合せを試しているのは、あれこれしてみたいという祝祭めいた感覚のためではなく、おのれの欲望を相手に謎解きを挑んでいるせいかもしれない。

王は男性器全体だけではなく、その一部も使って女たちとの夜を採点していた。王の不満の本質とは、男性器十本と十本半の違いに気付いていることにあるのかもしれない。一度そのような区別が分かってしまえば最後、もう止められはしない。突如として、すべては分類に抗うようになる。私が目にしたある夜の書き込みには、数本の男性器全体と、ほとんど目に見えないほどの先端が描かれていた。

自身の不満が、代理の人間、つまりは私に転移するさまを眺め、それによって一時的に不満から逃れるという一種の発散行為を王が求めていたのだとすれば、話の筋は通る。私の呻き声の何たるかを考えてみればよい。ハーレムに住まう身となる前においても、私は熱く満たされない欲望を抱えており、夜ごとに暗闇のなか、誰に教えられたわけでもなく、指でみずからをいじる以外に知りようのない発散への欲求を感じていた。つまるところ、その欲望がゆえに、私はあの美しき春の日に窓際で呻いたのだし、王は当然ながらそれを自身の欲望に似たものと認めた。そこで、消耗しきった王は、私の呻き声の上演を通じて自身に休息を与えることにした。そのような行いは、発散を超えた発散を与えてくれるように思われた——発散そのものが不可解な重荷になってしまっていたのだから。

初めて王の間に呼ばれた後の私は、ハーレムの女たちとの生活はいくぶんやりやすくなるのではないかと考えた。まだ彼女たちへの欲望に悩まされてはいたが、王に使われたことにより、ある種の友愛を感じ、彼女たちはより親しみやすくなり、礼儀正しくいようという私の弱々しい試みを受け入れてくれるように思われた。彼女たちは欲される肉体という以上のものに見えるようになった。彼女たちの女性としての姿をはっきりと認識した私の目には、さまざまなものが同時に見えた。母親、娘、姉、妹、妻。その開放的な気分のなか、私は噴水の端に腰掛けた一人の女に近付いた。痛々しいほど痩せており、黒髪は片方の肩にかけ、つま先をだらりと水につけていた。

同情を分かち合いたい気持ちから、私は彼女に訊ねた。意志に反してハーレムに囚われているのは苦痛ではないのか、と。彼女は笑った。子供がおかしなことを言ったような笑い声だった。

「王には他にわたしを住まわせる場所があるかしら?」と彼女は言った。

「そうではない」と私は言った。「王の悦びのためにここに住まわされていることは嫌ではないのか? このような扱いを嫌だと思わないか?」

それまでは辛抱強い目で私を見つめていた彼女は、急に動揺したように水を見下ろした。

「女はどこでもこういう扱いだわ。ここでは、わたしたちは一人の男という重荷を分け合っている。外では、すべての男たちがわたしたちの重荷よ」

「外では、君は奴隷ではない」

「それ以下よ」と彼女は言った。「わたしたちは妻であり、姉、妹、娘であり母よ。外では、どの男からのどの期待も、鞭で打たれるようなものよ」

彼女の冷たい声、世界に対する絶望的な姿勢に、私は愕然とした。一言もなく、私は彼女から離れた。彼女は下を向いたまま、容赦なく噴き上がる水によって乱れた水面を見つめていた。

ハーレムの女たちに対するより優しい理解をもって欲望に代えようとしても、まだ不快なものに彼女たちを縛りつけてしまうらしいと分かり、私は傷ついた。私はまだ王と似ていた。王は厳密には性的な意味で私を使いはしなかったが、自身の奇妙な儀式のために私を束縛していたのだから。女に対する男の期待、妻や姉、妹、母、娘といった役割は、さらに奇妙な儀式なのだろうか？　噴水のそばにいた女に対する同情は山々だったが、私にはそれが真実であるとは信じられなかった。心優しく一緒に暮らすことで世界はより心地良いものになるという希望を、私は捨てられなかった。妻。姉。妹。母。娘。頭のなかで、私はこうした言葉を刑の宣告ではなく触れ合いとして考えていた。夫。兄。弟。父。息子。それでも、私も彼女の世界観をまったく退けられず、切って捨てることはできなかった。

私は週に数度、王の間に通い続けた。私たちの交流は説明されないままだった。どの夜も劇であり、私が舞台から去った後に解釈されるのだ。

何度か王が組み込んだ演技は、彼が本当に発狂しかけていると思わせるようなものだった。ある夜、王は私に一つかみの羽根を食べさせた。別の夜には、二人で部屋の家具を並べ直すことに四時間を費やした。また別の夜、王は私に板を持たせ、それで彼自身の口を強打させた。

王は狂っているのだと私に信じ込ませようとする意図的な行為だ、という考えは筋が通っていた。みずからの欲望に打ち勝てないことによって弱く見えてしまうであろう王にとって、部屋での私の真の役割を理解させまいとすることは利益にかなっていた。とはいえ、王は本当に正気を失いつつあるのではないか、欲望によって狂いかけているのではないか、という気もしていた。だが、私たちのやり取りがどれほど奇妙になろうとも、王との時間の大部分は変わらず、私が呻き、王の表を見ることを中心としていた。ひょっとすると、私の演技が与えてくれる発散により、王は自身の狂気と欲望への最後の抵抗を試みていたのかもしれない。

こうした演技に関する私の不安はかなり和らいだが、この慣れは私にとっては大きな損失であるとただちに分かった。慣れとともに、羞恥心も薄らぎ始めた。ハーレムに戻った私は、堂々と女たちを見つめた。束の間の同胞意識は消え去り、私は突然、噴水のそばにいた女は正しかったのだと悟った。私は臆面もなくその噴水に両足を浸して座り、口を開け、水浴びする女たちを見つめていた。夜になると、その日に目にした光景、ハーレムの女たちの体を思い起こし、猛然と自慰をした。

ハーレムに連れてこられる前の数ヵ月間、私はよく夜に横になり、小屋にいたあの女のことを考えた。罪悪感から、誰もいない寝床で彼女に甘い言葉を囁きかけた。目の前に彼女がいると想像し、彼女が耳にしたがっているであろう優しい言葉をかけた。それを口にすることで、大いに親切な行いをしているとでも言うように。いま、暗がりでおのれをしごきつつ、私は女たちのことを顔なしで考える。歯を剝き出しにする。私は誰をともなく罵倒し、虚しい脅しをかける。おのれの価値については常に疑ってきたが、私のなかにある何らかの善良さが消えていく感覚がある。切望すると同時に諦めてしまう純粋さが。

今週の初め、王は新しい趣向を取り入れた。私の混乱に拍車をかけるかのように、王は私に変装したのだ。私が王の服に着替えると、王は私の服に着替えた。表を持って呻くよう、私が王に命じる役になった。私が出す羽目になった命令に王が従うと、私はじっくりとそれを見守り、とてつもない解放感を真似ねばならなかった。間違いなく、この展開は王にとっては当然の成り行きだった。自身の欲望という重荷をすべて私に負わせたいと願っていたのだから。

今夜、私が王の恰好で立っていると、衛兵の一人が若い女を連れて部屋に入ってきた。衛兵は彼女を寝台まで導いていくと私の方を向き、うやうやしい真似をして頭を下げた。私の恰好をした王もお辞儀をした。そして衛兵は王を連れて出ていった。おそらくはハーレムに戻ったのだろう。

王の間に入るとき、彼の欲望という熱に浮かされた夢に入っていくのだということは心得ている。入るなり、糞便で壁に書かれた詩を暗唱するよう命じられたとしても、私は驚かずに従うだろう。だが、私と同じものとすぐに分かる半丈のベストを着て横たわり、胸を上下させている女のそばに立った私は驚いた。王が衣服や表を私に使わせるのとはまったく話が違った。ハーレムの女と交わるよう、王は私に求めているのだ。

私は寝台で若い女のそばに寝そべった。かつての恥はかすかにしか感じなかった。上着だけでなく、彼女は同じくたなびくズボンをはき、同じ房飾りの付いたトルコ帽をかぶっていた。その服を着た彼女を見た私は、ハーレムの女たちに対してかつて抱いていた共感を、かつては自分も共有しているはずだった、王の欲望の対象であることに対する不安を感じた。

それが何であれ、私はそのかすかな羞恥心を無視した。何と言っても、私は彼女にのしかかるよう命じられているのではなかったか？　その行為をやり遂げることを拒めば、王の不興を買い、この女を危険にさらすだけではないのか？　そうした問いで気持ちを逸らしている間も、私の心は、女性の体を味わうのだという考えにすっかり取り憑かれていた。

　ゆったりとした布地の下に艶かしく覗く、彼女の太ももの線。彼女の服を腰回りでほどき、一気に取り去ったときの、鐘のような完璧な尻。ひとりでに開くような外衣。その女に対する獰猛さが心の内で強まっていき、すると、かつてハーレムで羞恥心を感じていたのは、女性たちへの欲望が邪《よこしま》なものだったせいではなく、それが報われずにいたためだと確信した。その瞬間、私は理解したように思った。私の羞恥心は、欲望のなかで彼女たちを不当に扱っていたせいではなく、惨めな身であった私が、望み通りに彼女たちを扱えなかったために生じたのだ。

　私はその女と交わった。王とその欲望に対する疑念はあったが、私は最終的な解放、十全で完璧な何かが得られるものとまだ期待していた。だが、その女の上で体をくねらせ、よじらせていると、その出会いは、暗闇のなかで悪態をつきながら過ごした夜と同じく満足できないものになる、と私は悟った。誰のせいなのか？　どう見ても、相手の女性のせいではない。私の下での彼女の動きはぞんざいであり、我慢して付き合っているようではあったが、体の若々しさによって素晴らしいものだった。私が不満であるとすれば、それはおのれの行いによるものだった。

　その不満の種は私のなかで芽生え、大きくなっていった。その女性を相手にした発散が、よりささやかな、惨めで手早く、どれほど想像を働かせようと孤独だったそれまでの発散行為と似たものになると知ると、私の手足は重くなった。そのとき私は知った。王をしてあの愚かさの極致に追い込んでいる何かに、私も初めて触れたのだ。それに加え、私がのしかかっている女が若すぎず、老いすぎてもいないことを知った。余分な部位も、欠けている部位もなかった。美しいということを除けば、彼女は普通だった。それにより、彼女は出発点にすぎず、その次にはあれが余分にある女、これが欠けている女になり、無限の組み合せとあの猥褻な表が待っていることを私は悟った。進む先には存在しない発散に向けてもがく私の下で、絶望的な広がりが口を開けた。私は小屋で胸を出していたあの女のことを思った。その窓を覗く前の、馬に乗った若い男を羨んだ。女性がどのような姿であるのか、まだ完全には知らなかったあの日、男の何たるかも、気をつけていないと男が何になってしまうのかも完全には知らなかったその日を、私は羨んだ。組み敷いた女をどれほど気ままにつかもうとも、いかに半狂乱に彼女のなかに押し入り、居座ろうとしても、その無限の空白がこみ上げてきて、私はあてどなくさまよい始めた。

格子縞の僕たち

Those of Us in Plaid

僕たちの仕事は単純なものだった。猿をカプセルに入れるだけだ。それは一番簡単であり、したがって最も重要性が低く、つまりは誰でもできる仕事なのだ、と上役たちはわざわざ念を押してきた。いつものことだったが、僕たちの格子縞の作業服よりも自分たちの作業服の方が見映えがする、と彼らはこれまたわざわざ言った。だが僕たちは、一連の手順はすべて等しく重要だと思っていた。作業服は別にしても、プロジェクトに関わる者すべてが成功のために不可欠な役割を担っているのだと。何と言っても、僕たちがその猿をカプセルに入れ損なえば、カプセルを第一準備ステーションに移すことはできないのだから。カプセルが第一準備ステーションに着かなければ、輸送オペレーターのところまでは届けられず、オペレーターは水圧式リフトに乗ったまま、手持ち無沙汰に口髭を嚙み、クリップボードに悪態を書くほかない。カプセルが輸送されなければ、お洒落な赤い作業服を着たプロジェクト選抜隊がカプセルに付いた温度計をぴしゃりと叩き、運んでいくようヘリコプターに合図することもできない。つまり、ヘリコプターのパイロットはひたすら上空を旋回し、燃料を浪費するのだ。おそらく、カプセルを火山の上空に運んでいって投下する時間はないと彼が気付く間もなく、ヘリは墜落してしまうだろう。そしてカプセルがヘリコプターで運ばれず、火山に投下されないとなると、目を見張るような作業服に銀色の紐飾り、美しい銅色のステッカーまで着けた上級プロジェクト選抜隊は、火口に埋め込まれた焼夷弾の起爆装置のスイッチを入れることはできない。実験のすべてが台無しになってしまうのだ。

そして実際、その通りになった。僕たちは猿を入れることができなかった。

何とも気まずい眺めだった。プロジェクト選抜隊員たちがみなヘッドホンを滑走路に投げ捨て、何やら口汚く罵っているが、それはヘリコプターの残骸に急行する消防車のサイレンによって聞き取れない。最後までそれを聞くことはない、と僕たちには分かっていた。

実のところ、僕たちがプロジェクト選抜隊から何らかの嫌がらせを受けることなく一日を終えたことはなかった。いつもひどい罵声を浴びせられたし、彼らにヘッドロックをかけられ、鼻先で屁をされることもあった。プロジェクト選抜隊の誰かが、手の消毒剤にスズメバチのフェロモンを入れたために、僕たちのグループをまとめているネッドは入院する羽目になった。外でよく食事をするネッドがハムチーズサンドの包みを開ける間もなく、彼はスズメバチの群れに襲われた。気の毒に、両手と顔から二十八本の針を抜いてもらわねばならなかった。人事部からネッドに対し、僕たちの保険契約では昆虫による被害に補償はないと通知が来ても、プロジェクト選抜隊の誰一人として謝りはしなかった。一週間後に包帯でぐるぐる巻きになった彼が戻ってきたときは？　彼らはネッドのコーヒーに膣カンジダ症の薬を入れた。

彼らはしじゅう僕たちをからかう替え歌を作り、ロッカーから僕たちの妻や子どもたちの写真を盗んでは、その上にペニスの絵を描いた。僕たちの弁当箱からリンゴを取り、便器に浸し、乾かしてから何食わぬ顔で元に戻すこともあった。毎年、僕たちが一体いくつのトイレ漬けリンゴを食べたのかは知りようもなかった。

だが、そうした単純な侮辱行為よりもひどかったのは、彼らみたいになれるのなら何だってする、という僕たちの気持ちだった。互いの背中を叩く彼らの仕草、自信たっぷりの物腰。洒落た見かけと馬鹿馬鹿しいジョーク。自分が彼らの一員だったら、と僕たちはよく夢想して一瞬我を忘れ、休憩室で両足を何かに載せてタバコを吸いつつ、他の選抜隊員たちとプロジェクトの詳細について議論する自分の姿を思い描いた。それから、格子縞の作業服に目を落とし、自分の救いようのない凡庸さを改めて実感するのだった。

それでも、どんな経験をさせられても、僕たちはいつの日か、見知らぬ液体の入ったビーカーをテスト施設に迅速かつ的確に運んでいき、塗料を垂らすことなく数字を完璧にカプセルに描いてみせ、彼らをすっかり感心させたいと願っていた。彼らの名高いバーベキューパーティーや、空港近くのヌードバーで開かれる誕生日の乱痴気パーティーへの招待状を受け取るようになるのだ、と。僕たちの誰もが、いつか仕事ぶりを認められて自分たちもプロジェクト選抜隊員になり、無様な格子縞の作業服を脱ぎ捨てる可能性にすがった。僕たちがプロジェクトの歩兵であると示すこの服を、黄色か赤か、神の助けでもあれば青の作業服に替えるのだ。

そうして、完全に仕事に没頭し、上役たちを喜ばせたいという純粋な思いから、僕たちは猿を引き受けた。

仕事自体はそうひどいものではなかった。ほとんどすぐに、僕たちはその猿を気に入った。その猿を火山に投下するために搭載するという作業だけではなく、他の準備が完了するまで面倒を見るのも僕たちの仕事だった。それを行うなかで、僕たちはすぐに、猿の愛らしい様子に心打たれた。囚われの身であっても辛抱強くしている。猿は檻のなかに座り、控えめに、好奇心を滲ませて僕たちを観察していた。僕たちが食べ物を渡すと嬉しそうに受け取り、親しみを持っていると思えるような様子で何やら喋っていた。

ほどなくして、猿は僕たちの心を完全にとらえた。檻は形骸化し、猿は僕たちの作業場を自由に歩き回った。僕たちの肩に座り、心配そうな様子で頭皮にスナノミを探してくれた。僕たちは自腹を切ってラウンジチェアを買い、猿を膝に乗せて『リーダーズ・ダイジェスト』誌の読み聞かせをしてやった。もちろん、猿には何一つ分かるはずもなかったが、構ってもらえて嬉しそうにしていた。膝から離れずに、読み上げている僕たちを見つめ、口は半開きになっていた。僕たちが読み終えると、猿はいつも雑誌を取って頭にかぶり、ひたすらキーキーと叫んだ。僕たちが笑うと、猿は金切り声を上げた。笑い。金切り声。笑い。金切り声。

問題はただ一つだった。猿に親近感を抱いたせいで、火山に投げ込んで爆発させるのが耐えられないほど残酷なことに思えてきてしまった。完璧に健康体の、しかも僕たちがすっかり気に入った猿を殺すなど、もったいないと思えた。プロジェクト選抜隊からは、猿を火山に投下するのは重要だからなと改めて言われた。彼らは実習室の黒板にせっせと書きなぐった。カプセルの小さな窓から顔を出し、微笑んでいる猿の絵。滑走路に立ち、微笑んでいる自分たちの絵。ロッカールームで荒っぽいセックスをしつつ微笑んでいる僕たちの絵。いいか、みんな幸せなんだ、と彼らは言った。もしその幸せが、猿をカプセルに入れるに足るものではないなら、僕たちの代わりはいくらでもいるのだ、と彼らは念を押してきた。実のところ、僕たちは完全に入れ替え可能な間抜け集団であり、猿を担当できるだけでもありがたく思うべき捨て駒だった。

さしたる役には立たないまでも僕たちが猿の今後を案じている旨を表明するとすぐ、プロジェクト選抜隊は僕たち抜きで猿に会わせるよう要求し始めた。僕たちを作業ステーションから追い出し、テストを行わねばならないのだと言い張った。僕たちが戻ってみると、彼らはパブストビールを飲み、空き瓶を猿に投げつけようとしていた。ある日の午後、彼らは作業ステーションにおり、小さな樽と、四ヵ月前にダックスフントの実験で使用された電気ショック器を持っていた。彼らが互いの肩を押し合い、尻をつかみ合いながらドアから出ていった後、猿はすっかり動転しているようだった。七本のチョコレートバーを三十分にわたって駆使し、ようやく檻から出すことができた。猿に読み聞かせをしてやろうとしたが、猿はラウンジチェアで僕たちの胸にしがみつくばかりで、ついには長く疲れきった息をすると、不安げに眠り込んだ。

だが、僕たちが黙り込んで名残惜しそうにしていると、プロジェクト選抜隊員たちは、猿を心配そうに見つめる僕たちの視線に気付き、僕たちの後頭部を軽く叩いてきた。何も緊張する必要はないぞ、と彼らは言った。お前たちの仕事は脳手術とはまったく違うんだからな、とわざわざ言った。猿をカプセルに入れる。それだけだ。

美しい裏庭でバーベキューのソースを指につけた自分の姿を、僕たちは想像した。酒と女性の裸、タバコの煙が立ちこめる暗い部屋がもたらす、奇妙な同胞意識を想像した。猿をカプセルに入れる。馬鹿でもできる仕事だ。

作業を進めよという指示がついに届いた日、僕たちは猿を単独でラウンジチェアに座らせ、好きなだけキャンディーバーを食べさせた。その間、僕たちは輪になって立ち、猿に読み聞かせをしてやった。そのときのために、僕たちは『リーダーズ・ダイジェスト』のなかでも猿のお気に入りの記事を選んだ。ある探検家が書いたものであり、南極で迷子になってしまい、想像を絶するような困難をくぐり抜けた後、人懐っこいペンギンの群れに出会ったおかげで生き延びられたという体験を綴っていた。猿にも探検家と似たところがある、と僕たちはよく考えた。不毛の荒れ果てた世界で迷子になり、故郷に戻る手だては何一つない。そしてまた、猿の目には僕たちがそのペンギンのように見えているのかもしれない、とも考えた。魚を吐き戻して探検家に与えてやったペンギンの群れのように。その記事を読んでやるとたいてい、猿はいつもよりも大きな声でキーキーと嬉しそうに叫ぶか、僕たちの肩に飛び乗って耳を優しく引っ張ってきた。しかしその日、準備万端のカプセルが隅で光っているとなると、猿はその物語を完全に無視しているようだった。僕たちの顔を眺め、いつもより多いキャンディーバーや、読み聞かせをしている僕たちの重苦しい声の裏に何があるのかを嗅ぎ付けようとしていたのかもしれない。

もちろん、何か別の選択肢があればいいのにと僕たちは思っていた。だが、何ができただろう？　カプセルに猿を入れない？　地上での最後のひとときを、猿が独りで怯えて過ごさずに済むようにしてやる？　体が溶けて吹き飛ばされないようにしてやる？　記事を読み終えると、僕たちは雑誌を閉じ、さしたる儀式は抜きで猿をカプセルに入れた。ハッチを閉じる前に、ほんの少し手を止めたことは事実だ。良心に苛まれた目を猿に向けて、僕たちとて嬉しくはないが仕方ないのだと知ってもらいたかったからだ。

みなの話を合わせるなら、そのとき、僕たちは猿に逃げられた。

その悔やむような目つきのせいだったのかもしれない。あるいは、僕たちの声が原因だったのか。プロジェクト選抜隊の誰かが冗談のつもりでカプセルのなかに置いておいたビール瓶のせいだったのかもしれない。いずれにせよ、僕たちの特別な友であり、カプセル前方でおとなしく座っていたはずの猿は、次の瞬間にはネッドの首に噛み付いていた。可哀想なネッド。いつも彼が貧乏くじを引いてしまうようだ。

あらゆる感傷から我に返り、僕たちは猿を捕まえようとした。だが、猿はそこらじゅうを走り回った。僕たちの足元にいて、作業服を凶暴な歯で切り裂いた。棚の上に登り、本立てをはたき落とした。僕たちに向かって突進し、ナツメヤシの実のような拳で殴り掛かってきた。計り知れない敏捷さであちこちを跳ね回り、僕たちの髪を引き抜き、糞を投げつけ、全員が慌てふためくほどの正確さで部屋の反対側から尿をかけてきた。

ついには、猿はメンテナンス部門の誰かが放置していた道具箱を見つけ、ねじ回しで武装した。優位に立ったと見るや、さらに二本のキャンディーバーをつかむと、ゆっくりと後ずさって部屋から出た。

滑走路に出るとすぐ、猿はねじ回しを振るい、止めに入った上級プロジェクト選抜隊員の片目をえぐり出した。

まったく、まったくひどい状況だった。

ヘリコプターの残骸から、腹部に巨大なテイルブームが食い込んだパイロットが引っ張り出されたとき、僕たちは無念だった。裸の女たちでいっぱいの暗い部屋は、煙と消えてしまった。僕たちの指にへばりついていたバーベキューソースは、怒りに任せて投げつけられた猿の糞の染みという本性をあらわにした。僕たちの願いは、おそらくは永遠に打ち砕かれた。ただし、ずっと後に開かれた懲罰会議において、監視カメラの映像に映っている猿が、さらに数人の選抜隊員の追跡をものともせずに逃げ、遠くの木立にたどり着くと一瞬立ち止まり、追う者たちに向き直ると、自由を誇示するような半狂乱の仕草でねじ回しを振り回してから消えていくその勇姿に、僕たちが喜びを覚えたことは事実だ。会議室にいた選抜隊員たちは、揃ってぼろぼろで惨めな恰好だった。ほつれた玉縁飾りを引きずって歩き、胸からはステッカーがだらりと垂れていた。もちろん、僕たちもそれに劣らずひどい身なりだった。そして、選抜隊員たちが僕たちをすでにあざ笑い、新しい次元の苦痛を与えるべくギアを上げてきていると、僕たちは知った。猿の逃亡に何か見るべきところがあるとすれば、それは今回の一件が僕たちの最悪な不手際ではないにしても、どうして上役からかくも軽蔑されるのか、どうしていつまでも格子縞の作業服を脱ぐことができないのかを端的に物語っているという点だ。おそらく、この服を脱ぐ日は永遠に訪れないだろう。

征服者《コンキスタドール》の惨めさ

The Misery of the Conquistador

鬱蒼とした森で、私は原住民の女を殺す。おそらくは好奇心のために後ろから近付いてきた彼女の頭を、兜で殴って殺す。まったくの反射的な動きだ。部下たちからは離れ、私は彼女の質素な服を脱がし、外陰にうやうやしく額を当て、そして泣く。

黄金が我々の手を動かす。怠惰でやる気のない意志の自由を消し去る。我々を密林のなかに駆り立てる。荒々しい男たちとともに。咄嗟の判断を要求する。それでもなお……。

男が私に石を投げつけ、どこかの茂みに逃げ込む。部下たちからは、南にある小さな村を全滅させて報復するようにと言われるが、私は躊躇う。そうして弱さを見せると、部下たちの目には耐えがたい嫌悪感が宿る。我々が村人たちを皆殺しにしても、部下たちはどこか疑わしげにしている。最後の小屋に私が火を放ち、炎に包まれて走り出てきた男も女子供も見境なく殺しても、部下たちの顔には、あのときの表情がある。その村を全滅させようと言う彼らの目の前で、ほんの一瞬とはいえ、私が逡巡したときの表情だ。

私の涙は、足音によって中断される。鎧が急に重く感じられる。私はどうにか目を拭うが、何人かの部下は、死んだ女のそばでひざまずき、目を赤くして頬を濡らしている私を目にする。

私は黄金を欲しているか？ 欲してはいない。黄金とは単に、この世での生が私に要求するものにすぎない。それは、義務の長い連鎖の第一歩だ。どうあっても、私は黄金を集め、船や部下たちを与えてくれた後援者たちに報いねばならない。それに喜んだ後援者たちは、さらに多数の部下たちや船を与えてくれるかもしれない。さらに大掛かりな支援をしてもらえれば、私はさらに多くの黄金を集め、その分の支援に応えることができる。そうすれば彼らは、さらなる規模の部下や船を送ってくるだろうから、当然ながら、それによってさらなる量の黄金を集めることになる。いったん始まれば、こうして増幅は続いていく。さらなる船。さらなる部下たち。さらなる黄金。成功の猛然たる邁進と、それに比例する報酬が、絡み合いつつひたすら上昇していく。つまり、私が死ぬまで。私の死は、成功という小さな真空を作り出し、そうしてすぐに埋められることになる。ちょうど、浴槽から出る足の裏が空けた空間を水がただちに埋め、水面を離れる足に最後に吸い付くように、私の魂もこの世を離れ、黄金が最後の一瞬、みずから動くことになる。

北にある大きな都についての報告を受け、私は戦闘に備えるよう部下に命じる。巨大な石の壁。

野蛮な土塁から蚕のように宙を舞う槍。縞模様の上着を着て、やみくもに突撃してくる戦士たち。どうしたわけか、私は間違った方角に部隊を行進させてしまう。都があるはずのところには、小さく森が開けた空き地がある。毛布の上に並べた品を、男女が交換している。子供たちは土遊びをしている。年寄りの男たちは私に近付き、妙な形の瓢箪を私の鞘と換えようとする。後ろでは、部下たちが何やらこっそりと言い合い、笑う。

もちろん、私とて落ち着いた暮らしの方が良い。地中海の暑さのなか窓を開け放した小さな家か、アビラの茶色い花崗岩の城壁の外で、長く厳しい冬に備えて固く窓を閉ざした家か。ひょっとすると息子でもいて、晩夏の暑さのなか上半身裸になり、遠くの空を漂うカモメを眺めているか、あるいは、甘い匂いの暖炉の火をつついて遊び、誇らしげな息が白くなり、吹雪のさなかに家の継ぎ目が隙間風の高い音を立てている。もちろん妻もいる。暑さのなか裸で歩き回るか、耐えがたい寒さのなか私と身を寄せ合って温まるか。そうだ、その妻は殊勝にも、私の左目がないことや、右脚が生まれつき変形していることも気にしていないはずだ。原始的な大きな都市に向けてひたすら移動していく途上の戦いで、私が片耳の下半分を失ったことも気にはすまい。さしたる訳もなく、あるいは自分に何が期待されているのか分からないときに、私がしばしば不機嫌になることも気にかけないはずだ。息子が暖炉の火を燃え尽きさせたり、窓際にいつまでも立っていてそよ風を遮っているときには、手を上げねばならないことも理解してくれる。楽しいときにはお喋りになり、落ち込むと心が狭くなる私に付き合ってくれる。私の体臭がしばしば、日光を浴びて腐りかけている獣のような臭い、どこか虚ろで追い詰められたような臭いであることも嫌がらないはずだ。毎日、私が自分らしくあるために繰り広げる恐怖と屈辱の光景を目にすることも厭わない、そんな妻だ。

私のような男が人に好かれるためには、成功を収めるしかない。そこで、剣の出番となる。黄金、成功の目録。この密林。

死んでいるとはいえ、この女は美しい。彼女の口、彼女の髪に触れたいという気持ちを、私はどうにか抑え込む。地面に横たわり、彼女を自分の体の上に乗せたいという気持ちに抗う。彼女の重みを感じたいという願望をこらえる。まだ硬直していない彼女の手足が、私の上にかかるようにしたい。彼女のそばで私がひざまずいていると、部下たちは気まずそうにしている。一人は咳をすると、何をしたのかと私に訊ねる。赤面し、私は嘘をつく。彼女を陵辱して殺したのだと言うと、部下はほっとした顔になる。笑い、私を讃える。一人が体をかがめ、彼女の首を斬り落とす。私が青ざめると、部下たちはあきれ顔になる。魚を釣り上げておきながら、恐くて針から外せない男の子を相手にしているように。

帰国した晩には、後援者たちにはこう話すつもりでいる。原住民たちの小さな集団が、畏怖の念をもって我々の到着を見守り、岸辺から声をかけてくると、波打ち際まで出てきてひざまずいたのです、と。上陸する我々は敬意をもって迎えられました。原住民たちは我々を神だと思い込んでいましたよ、と私は主張するつもりだ。大広間での宴の席で、そうした偽りの物語を、できるかぎり煽情的に話してやろう。隣に座る若く美しい女性の手を取り、女たちは剝き出しの乳房を垂らし、男たちは白昼堂々と、手当たり次第に彼女たちの体を奪っていたのだと聞かせる。後でその若い女性に付き添って庭園か川のほとりを歩きながら説明する。我々の上陸を見ていた原住民たちは、十字架を目にするや、炎に焼かれたように叫び声を上げました。巨大な怪物のごとき男たちを、私はこの腕で抱きしめたのです。涙に暮れつつ天上の王国に入れてもらいたいと異邦の言葉で懇願する彼らに、私はそっと囁きかけていたのです、と話す。実際には、我々の上陸を目撃した数少ない原住民は、ほとんど気にもかけなかった。浜辺に三人の若者が立ち、静かに話し合いつつ、我々の鎧に当たって反射する日光に苛立っているかのように目を細めていた。しかし、帰国する頃にはそんなことはどうでもよくなっているだろう。若い女性はすっかり圧倒され、彼女の頰はすっかり熱くなっているだろう。身動きし、口を開くか、私を抱きしめるか、恐怖に囚われて私から逃げるか。だがその前に、私は手荒く彼女をつかみ、その手に何かを握らせる。彼女が息をのんでいると、私は贈り物の硬貨をその手のひらに滑らせる。黄金。

鬱蒼とした森で、私は女を殺す。おそらくは好奇心から彼女が近付いてくるとき、私は木の幹に手を当て、空き地と造船所、砦と絞首台を思い描いている。後ろから、若い女が近付く。固い地面を素足で音もなく進んでくる。私が触れている木は、じきにスペインのために切り倒されて材木となる。私の心のなかで、恐るべき力に火がつく。私は新しい世界の主人であり、下等な人種の運命を思うがままにしているのだ。鎧を肌のようにしっかりと身に纏った私は、人間というよりは戦争の機械だ。頭の回転は速いが、何も考えてはいない。私は不死身だが、ひどい怒りによって傷ついている。自然の力であると同時に、それを超えた者でもある。若い女が後ろから近付くと、私は体を回転させ、兜で彼女を殴る。一瞬の出来事。地面に倒れた彼女はまだ笑みを浮かべており、まだ私に挨拶をしようとしている。

部下の一人が彼女の頭を持ち上げ、森の奥に投げ込む。彼が大きな唸り声を上げると、頭は長く緩やかな弧を描いて宙を飛ぶ。左の方に逸れていって木に当たり、頭はゆっくりと回転し、黒く美しい髪をふわりと広げ、日が当たると燃えた琥珀のような色になる。頭は見えなくなるところまで飛んでいき、柔らかな音とともに地面に落ちる。

私の片腕は、宴で出会った女性の腰に回されている。手はまだ、彼女の手に硬貨を押し込んでいる。それからどうなる？　川の水音が、私の周囲に上がってくる。どこかの低い枝からは花びらが落ちる。彼女はもがくかもしれない。逃げるため？　体勢を整えるため？　さらなる贈り物をもらえるような立場に立つため？　私が口づけをしようとすると、彼女は急に体を背《そむ》ける。硬貨は地面に落ちる。私は片手で彼女の顔をつかみ、無理やり自分の口に近付ける。彼女の唇は柔らかく、動かない。私はのしかかり、体を押し付ける。ほとんど倒れ込むようにして。ついに、彼女は私に口づけを与える。その後、さして誘導せずとも、私がつかんでいる彼女の顔は離れていく。川の音はまだ大きくなり、花びらはまだ落ちている。彼女の茫然とした目を私は見据える。あるいは、彼女の口づけはゆっくりと不快になっていき、ついには私は顔を背けて草地に嘔吐してしまうかもしれない。あるいは、彼女の歯は、口のなかでぐらぐらになり始めるかもしれない。

髪を引っ張ると、塊になって抜けてしまうかもしれない。どうなるにせよ、その夢想はしばらくすると不快なものに変わってしまう。台無しにならずに残る要素といえば、女性の手に押し付けられた硬貨だけだ。私はあまり長く考えないようにしている。またそれが恐るべき口づけになり、私の口のなかの彼女の舌が灰に変わってしまうのが恐いからだ。だがときおり、彼女の手に押し付けた完璧な硬貨の感覚、容赦なき黄金の重みを何度も味わうことを自分に許す。しばしば、女性の手の感触が消え、想像のなかの私は無に対して硬貨を押し付けている。妄想のなかでの私は独りで立ち、手のひらという虚無に悪意をこめて硬貨を押し込んでいる。そして私は一気に、部下たちの姿に引き戻される。炎を上げる不幸な村や、密林のなかを転々と進み、湿気のなか馬鹿げた鎧の音を響かせて着実に進んでいく部下たちに。

私はずらりと並ぶ原住民の男たちに大砲を撃ち込む。三人の原住民の男が、黄金の入った大きな櫃《ひつ》の重みに耐え、その両側にいる男たちは腕を振り回して哀願し、なかば踊るようにして、かすかなそよ風を受けてゆっくりとはためく我々の白い大天幕に向かってくる。彼らは黄金を貢ごうとしており、我々の強欲には上限があるのだからどうにかそれを満足させたいと思っているらしい。ある量の黄金が手に入れば十分であり、その粗末な櫃に入っている黄金は、我々の船をスペインに送り返すに十分だと考えているようだ。そのような上限など存在しない。この男たちは、馬鹿らしい櫃のなかで音を立てる黄金が、私の歩みを止めてくれるのではないかと思っている。どうぞお収め下さい、と差し出されれば、私が敵意をすべて捨てると考えているのだ。私にとっては黄金が暴力の口実なのだと思っているらしいが、実際はその正反対だ。私にとって、暴力とは黄金のための恰好の口実になっている。実は、私の目的とは黄金を集めることではなく、暴力をもって黄金を集めることだ。つまるところ、なるだけ多くの部下たちと物資を必要とする方法で集めるのでなければ、黄金そのものは無用の長物でしかない。黄金が何らかの価値を持つためには、それを集める行為に造船工や武器工が関わらねばならない。火薬をすり潰す男たちや、その火薬を銃身に詰める男たち、そうした銃を船に積み込む運搬人夫がいねばならない。そうした人夫たちに部屋を貸し、あるいはパンを売る男たち。そのパンを焼く男たち、小麦を碾《ひ》く男たち。厳めしい顔で小麦畑の端に立ち、汗びっしょりになっている男たちが関わらねばならない。黄金でなくとも良い。重要なのは、それがいかにして獲得されるか、そして、多くの者の労力をどのような目的に向けて駆り立てていくかなのだ。自発的に黄金が差し出されてしまうのは……健全ではない。お分かりだろうか？　この低能の男たちは分かっていない。私が誰も傷付けることなく彼らの黄金を奪えるのなら、そもそも黄金を求める理由などない。私が木々から葉を集めるべくここに派遣されたのだとしても、彼らの窮地に変わりはないだろう。かくして、大砲の弾が、布を破るような音とともに野原の上を飛び、櫃を破裂させ、取り立てて意味のない黄金を取り返しもつかないほど飛散させる。

私はびくっとして目を覚ます。どういうわけなのかは分からないが、私は野原に立っており、天幕で眠る部下たちからは遥かに離れたところにいる。自分の剣を喉に当てている。兜の他には何も身に着けていない私は、寒気に近いほどの夜の冷気に起こされたらしい。奇妙にも、どうやら私にとっては幸運な事態だったようだ。眠るなかで、私は喉に剣を刺そうとしていたのだから。

すでに、刃に沿って血が一滴流れている。私は剣を捨て、恐くなる。うっかり命を落とす可能性にではなく、死んだ後に臆病さゆえの行為と見なされてしまう可能性に怯えたのだ。そよ風が私の目を覚まさせてくれなかったなら、私の遺すものとは弱さであり（あたりを見回してみれば、私はあの櫃の破片のなかに立っており、無価値な黄金の貢ぎ物が地面に散らばっているのが分かる）、強さではなくなってしまう。

鬱蒼とした森で、私は女を殺す。最初は単純で動物のような好奇心のために、彼女は後ろから私に近付く。何の前触れもなくそこにいる私は奇妙に見えたに違いない。金属の服。内側に曲がった右脚。楽園であるはずの世界でうんざりしたように立っている。かすかに呻きながら、木の幹に当てた片手を動かしている。このような珍妙な生き物に、恐れを抱かず近付ける者などいるだろうか？　とはいえ、この恐ろしい容貌にもかかわらず、女の目には、私は目を見張るような素晴らしい人間に見えるのかもしれない。私が暴力を振るわず彼女に振り向いたとしたら、彼女は笑みのままだったかもしれない。親しげな好奇心を顔に浮かべ、ずっと私を見つめていたかもしれない。そう、それは間違いない。彼女は私の顎髭を引っ張っただろう。私の傷ついた耳を指でなぞっただろう。私の胸に手をぴたりと当て、胸当てを軽く叩くと、顔を近づけ、鈍い反響を聞こうとしただろう。私は最初は気分を害するだろうが、狼狽することになる前に、彼女は後ずさる。少し離れたところから私を見つめ、そして、また前のめりになって私の胸を叩く。次第に、私は理解する。彼女が私に見とれ、どういうわけか私に夢中になっていることを。彼女が笑い出すと、私も笑い出す。よく考えてみれば、何と馬鹿らしい！　彼女の笑い声を耳にした私は、何と馬鹿げたことかと悟るだろう。金属を着込んだ男！　人生の他の点もどれくらい馬鹿らしいのだろう、と私は自問し始める。その女と地面に座り、甲冑を一つずつ外していく。私は一つ一つを彼女の前にかざし、光を当て、乾いた塗料の渦模様と傷を見せる。一つずつ彼女に渡し、もっと間近で見られるようにしてやる。彼女はその意匠にいかにも感心しているが、眉をひそめたまま、それぞれの甲冑と私を交互に見やり、何て愚かなの、と言いたげにしている。すべてを外すと、私は鎧を組み立て直して木の根元に結わえ付ける。鎧は不気味なほど虚ろで奇妙な様子で立っている。私と女は代わる代わる、それに石を投げつけるか棒で叩き、騒々しい音に怯えた鳥たちが枝から飛び立つ。理由が何であれ、私の惨めさはこの女にはそれと分からないため、あっさりと消えてしまうだろう。一言も交わすことなく、私たちは心地良く一緒に過ごす。話が通じないことが喜ばしく思えるはずだ――黙っていれば、そもそも言葉にはできないその子供じみた興奮、一瞬一瞬が愛しき失敗であるような、互いを知ろうとする甘くゆっくりとした手探りを長引かせることができるのだから。その代わりに、私はその女を打ち倒す。一撃で彼女を殺す。鬱蒼とした森で。動物のように。

部下たちは私から離れ、輪になっている。もういなくなった人間の話をするように、私のことを嘲る。入れ替わり、私の不自由な体がその女を陵辱するさまを想像しようとする。荒々しく醜悪な顔をしてみせ、腰を前後に振り、片脚はねじれてだらりとなっている。彼らは腹がよじれるほど笑う。体を二つに折り、よだれを垂らす。私は鞘から剣を抜くが、彼らは気付いていない。彼らがこちらを向けば、突進して殺してやろうか。耳や鼻をそぎ落としてやろうか。最後には、彼らは慈悲をせがむことになるのだろうか。彼らを野営地の中央まで行進させ、黄金の山を食らわせてやろうか。彼らは私の前にひざまずき、血を流し、呻き、黄金を食らいつつ、神の顔でも見るような目つきで私の剣の先を見つめるのだろうか。彼らが振り向いたとき、私は自分の血管を切っているかもしれない。部下たちに見守られながら、私は蒼白になり、次第に死んでいき、血は女の血と混じり合うかもしれない。彼らが振り向いたとき、私はもうおらず、残されたものといえば、地面に光る甲冑の山だけになるかもしれない。

大いなる不満

The Great Frustration

エデンの園にて、猫は枝の上に落ち着きつつ、静かにオウムを見つめている。あたりの空気は重々しく、下で休んでいる動物たちすべての臭いが混じっている。園では血が流されることはないために、ほとんどの動物はお役御免となっている。とはいえ、彼らの多くはまだそれには気付いていない。何となく近くに集まり、自分たちの体に目を見張っている。大型の動物たちは新たな四肢に宿る力を感じ、ペンギンやモルモットといった動物たちはぎこちなく歩き回っては自分たちが残酷な冗談の種にされてはいまいかと考えている。小さな池のそばで、ペンギンは艶のないひれになった腕を空に向けて振り、察しが悪く非現実的な神に対して早くも抗議するような仕草をしている。

こうした動物たちの臭いが園の空気に重く立ちこめていることは、すでに述べた。重いどころではなく、耐えがたくむっとする臭いである。しかしながら、臭気を発する動物たちは概してそれに気付いておらず、ときおりふけが渦巻き、そよ風に乗って運ばれていく程度かもしれない。それと似た風に背筋の毛を撫でられた猫は、枝の上で低くしゃがみ、耳を寝かせつつも、丁重に距離を取ったところにいるオウムから目を離さない。どうしても、特別な関心をもってオウムをまじまじと観察してしまう。オウムがちょうど良い頃合いだと思えるのだが、何の頃合いだろうか？

その下にいるライオンは、子羊とともに寝そべりはしないが、ばらばらに引き裂きもせず、一噛みで子羊の頭を食べることも、子羊をくわえ込み、首の強靱な筋肉によって繰り返し木に叩き付け、幹に血を滴らせる丸太にしてしまうこともない。ライオンは何もしないが、子羊を目にするたび、様々な思いが突然頭のなかをよぎる。そうした妄想に不快にさせられると同時に大いに刺激されもするため、ライオンは混乱してしまう。そのせいで、仲間の動物たちに抱く感情についての疑問が次々に湧いてきてしまう。例えばなぜ、ライオンはクジャクを見ると足の先がぴくぴくしてしまうのか？　なぜ、夢から突然目覚めたかのように、手足がびくっとなるのか？　なぜ、クジャクがよたよたと通りかかると、飾り羽が美しく飛び散り、鈍い緑と玉虫色の青の雲がライオンの心臓の鼓動に合わせて律動し回転するさまを思い浮かべてしまうのか？

クジャクはと言えば、ライオンから向けられる冷たい目によって深く傷付いている。好かれたいだけのクジャクからすれば、ライオンが見せる侮蔑は耐えがたい。クジャクはライオンの目の前を行き来しつつ、わざと羽を大きく広げ、気付いてもらおうとする。だが、ライオンはかぎ爪を土に食い込ませると目を閉じ、胸から低い音を発するのみである。クジャクはライオンに近付き、まじまじと見る。ライオンに目を開いてもらいたい。何にも増して、壮麗なる羽でライオンを唸らせたい。クジャクはさらに羽を広げようと奮闘する。一方の子羊は、信じられない心持ちでクジャクを眺める。ライオンの視線が遥かに鋭利なものと思えた子羊は、雑木林にこもりがちになり、ときおり頭を突き出しては、遠くで勢いを増しつつある巨大な嵐を見るような目をライオンに向ける。

　オウムがどこ吹く風なので、猫は苛立つ。オウムは枝にとまり、幸せそうに遠くを眺めており、ときおり想像のなかで飛んでいるかのように翼を広げる。その孤独かつ満足げな様子に、猫は気分を害してしまう。何と言っても、猫はオウムにここまで魅了されているのだから、オウムの方も木の上にいる猫の存在を認めてくれてもいいではないか？　オウムにあると思われる高慢さは、枝から叩き落としてやりたいという欲望を猫の心中にかき立てる。後頭部に一撃を食らわせ、くるくると地面に落としてやりたい。だが、遥か下方の地面にあるオウムの姿を目にすれば、猫はまた新たな不安を覚えることだろう。そこで、猫はもっぱら妄想に耽ることで良しとする。オウムの腹に鼻を押し付ける、あるいは喉元に向けて口を開け、一口大の肉を毟り取ると、そっと愛おしげに噛むという可能性に思いを馳せる。豊かで実体のない味わいが、猫の口のなかに広がり始める。謎めいた衝動に駆られ、猫の顎は震え出す。喉から静かな音が漏れる。それ以外では動くことなく、猫は枝の上に留まり、幸せそうなオウムを妬ましげに見張っている。

　オウムは実際に幸せである。幸せでたまらない。深い喜びをもって、オウムはエデンでの生活のすべてを崇める。オウムであるとは、信じられないほど意外な幸運だと思え、そう考えると幸せで胸が溢れんばかりになる。とはいえ、絶えず不安感を抱えてはいる。なぜなら、エデンにいる他の動物たちに仲間としての敬意を持ってはいるものの、オウムは秘かに彼らを恐れてもいるからだ。彼らが存在するということは、どこかの時点で、オウムはオウム以外の何ものかとして創造されていたのかもしれず、それは大いにありうる。まさに恐怖である。オウムは生を謳歌しているものの、その喜ばしき一瞬一瞬の背後では、物事は違った風にもなりえたという可能性すべてについて狂おしく考え込んでもいる。おのれの翼は青ではなく、黄色かったかもしれないと思うだけで、オウムは翼のなかに頭をたくし込んで息をひそめ、信じがたい激痛が和らぐのをじっと待つかのような様子になる。オウムとしての要素の、どれか一つでも欠けてしまうと思うだけでも耐えられない。すべてが気に入っているのだから。枝にとまるみずからの体の重み。鳴き声の響き。何よりも、飛ぶことが好きでたまらない。地平線の向こう、野原がまだ神によって創造中のところまで飛んでいき、確固たる地面を過ぎ、きらめく空虚を見下ろしつつ、虚無の猛烈な風が吹き上げてくる勢いを翼に受けて過ごすのが、オウムの楽しみになっている。そこから振り向き、ひとりでに輝きつつゆっくりと広がり続ける園を見るのも良い。そうして園を眺めていると、あまりに完全な充足感に、オウムは重荷に近い感覚に陥る。ときには、地面を離れることができない動物たちや、そこまで遠くには飛ぶ勇気を出せずにいる他の鳥たちに対してやましい気持ちにもなる。哀れんでしまう。自分だけがなぜ、このような驚異に触れることができるのか？　世界にはすでに相当な不平等がある、とオウムは勘付いている。例えば、同じ枝を使おうとしているこの猫はどうだろう。木に登るといかにも無様だ。それに、ここまで高く登ってくるからには、どうにかしてオウムを真似ようとしているに違いない。何とも哀れなその考えに、オウムは深く容赦のない絶望に陥る。それにほら、猫は顎を震わせているではないか。さえずろうとしているような音だ、どう見ても鳥になりたいのだ！　オウムは悟る。園にいる動物のなかで、この猫だけが、猫に特有の直観により、オウムの優位がいかに冷酷なものかを理解できているのだ。オウムは理解し始める。エデンからどのような類いの世界が創造されたとしても、そこでは鳥は猫にとっての災いにして呪いであり、色鮮やかな翼をはためかせる鳥を猫は恐れることになるだろう。反論の余地なきこの事実に、オウムはさらに気落ちする。その他の点では熱烈に愛するエデンの園の残酷さに傷付いてしまう。オウムは突飛な計画を練り始める。空虚に飛び込んでいき、そのまま身を投げ出すことで、大地に縛られた哀れな獣たちへの謝罪としようか、という計画である。だが、生を愛するがゆえに、オウムはその衝動に身を委ねる決心がつかない。結局はただ遠くを見やり、ときおり翼を動かすのみである。

園の別の場所では、ダニが慎重に象の股間にしがみついている。その役回りのせいで、ダニは天地創造にすっかり白けている。象のごつごつした皮膚はダニの下に伸び、たるんだ灰色の荒地を見せている。かくも醜悪な環境に嫌悪感を覚えたダニはおのれの内にこもり、存在の不快さを和らげるべく、一種の哲学にたどり着く。灰色の谷を登り終えたダニは闇を振り返り、世界についての荒々しくも実証不可能な概念を構築し始める。そうして作り上げようとしているのは、世界の卑しい本質とダニの精神自体の甘美なる複雑さとの間にある、紛れもない溝を説明するような理論である。象の股間から逆さまにぶら下がったダニは、天空であると考える地面を見上げる。下を通っていく動物たちの巨体を観察し、そこから何らかの占いをしようとする――その判断はもっぱら、動物の体の大きさと形、空を出入りする角度から導き出される。ダニはそうした動きを使い、宇宙の形から天気の変化、みずからの人生の静かな移ろいに至るまですべてを占う。思考がさらに膨らむときには、そうした天体が実は生き物であるとも想像する。みずからに似ているが、体がとてつもなく大きいのだと。天空の頂とは実は平原であり、動物たちが歩き回っているのだと想像する。そうした動物たちの存在を、どこかおのれに似たものとして思い描きもする。

とはいえ、ここまで思いを馳せると、ダニの気持ちは萎え始め、目が眩み、軸を失ったように感じてしまう。そのような生き物たちが実際に存在する世界を、ダニは想像する。そのような世界で可能な素晴らしいことを次々に思い、そのどれもがみずからには成しえないのだと考える。

そうした思考が行われている間、象は鼻を持ち上げ、遠くを見るように目を細める。おのれの皮膚の複雑さ、果てしない溝や交差する線に気付く。象が直面する思考はダニのそれと正反対ではあるが、劣らず心乱されるものである。

エデンの至るところで、同様の混乱と不満が生じている。猿は地面に座り込んで、木の根元に両手をだらりと回している。猿は馬の脚の後ろを棒で叩きたい。猿の体は木を駆け上るのにいかにも向いていると思えるため、何かに追われて木に登りたいと願う。豚はあてどなく、鼻で土を掘り返す。カエルは蠅を蔑む。蠅はロバに恋してしまい、キリンは落ち着かない様子で森の開けた場所に立ち、指示を待っているかに見える。

一方、猫はそっとオウムに忍び寄る。おのれの境遇に苛々し始めている。オウムに対する欲望は強くなり、暴力的なものとして姿を現わす。ついに猫は理解する。命を失ってだらりとなったオウムの体を口にくわえたい。オウムの体を右に左に振り回し、ついには首がぽきりと折れ、振るたびにくちばしがかちかちと鳴る哀れな音を聞きたい。外的な力に引っ張られるように、猫の筋肉はひとりでにオウムに近付く。完全に掌握できない何かがおのれの本性にはあると、猫は気付き始める。猫はそれに苛立つ。なぜこの体を与えられ、意志に反する欲望に苦しまねばならないのか？　なぜ、おのれの弱さを見せつけられねばならないのか？　そして、この体がおのれのものではないのなら、猫であるということはどこで始まるのか？　強迫的な欲求に衝き動かされ、止めようもなくオウムに向かっていく単なる手足の協調ではなく、猫であることは、どのあたりで始まるのか？　猫はそうした問いへの答えを待つ。

木の下では、園にいるすべての動物たちが、同じ問いへの答えを待っている。まったく初めての予感を抱え、待っている。彼らの張りつめた静けさは、何か大きな果実の重みにたわむ茎のようである。目には見えない絆が切れるのを、彼らは待つ。幸せに、凶暴に、次の何かに送り込まれるべく待っている。

包囲戦

The Siege

城壁の上の男たちはみな死んでいる。街は破壊されたとはいえ、どういうわけか、まだ奪い取られてはいない。もしその気があるならば、衰弱した犬が一匹、死体で溢れ返る通りを歩いていくさまを想像してほしい。死体は至るところにある。コレラに倒れた者たち。激しい飢えに屈し、街に迫る大軍が投石機や石弓によって城壁の内側に投げ込んだ毒入りの肉をついに食べてしまった者たち。敵の姿に圧倒され、その規模と気迫、残酷なほどの数に怯え、城壁から逃げ、みずから剣の上に身を投げた兵士たち。想像してほしい。肩を落としたその犬がくんくんと嗅ぎ、よだれを垂らしつつ歩いていく通りには、十六ヵ月に及ぶ包囲のなかで山と積み上がった人間の汚物がある。想像してほしい。犬は少女の死体から鼻を嚙みちぎると離れていき、顎を動かし、立ち止まって咳をする。粘液と血のくねる糸が一本、犬のしぼんだ肛門から下がっている。そして次に、犬がいない同じ場面を想像してほしい。犬は一匹もいないからだ。とうの昔に、すべて食べられてしまったのだ。

いや、犬をペットとして飼うという純真な心を最後まで捨てられなかった男、製革工のウィルクシャーは、一匹の雑種とその子犬たちを店で飼っており、雨水と死体のかけらを与えていた。だがそのうち、割れた窓から漏れる犬の鳴き声を耳にした街の男たちの一団が店を襲い、揉み合いになってウィルクシャーを殺し、今度は犬の親子をめぐって争うなかで、どの犬もただの無価値な肉塊になってしまった。老人のタトルのみが子犬を一匹抱えて逃げ、嘲るように教会の屋根の上で食べ、ときおりその肉を持ち上げては、月に感謝する仕草をしてみせた。

かなり厳しい情勢であることは、我らも認めねばならない。

我らの何人かは集まり、大軍がいずれは入城するときに備えて井戸に毒を入れている。陽気に見える者もいる。かくも長く包囲が続いているとなると、新しいことは大いに歓迎される。だが、より賢明な者たちもいる。包囲が始まって最初の一ヵ月、攻城軍の司令官は白い天幕から指揮を執っていた。街が降伏すれば、誰にも危害は加えないという意思表示だった。二ヵ月目に入ると、攻城軍の司令官は赤い天幕から指揮を執り、街を攻略した暁には武器を持つ男たちは皆殺しにすると示していた。三ヵ月目、敵軍は黒い天幕から統率されていた。どのような事情があれ、街の男たちは一人たりとも助けないという証だった。それから十三ヵ月後の今、天幕は怒れる神の色になっている。

街がここまで長く持ちこたえたのは奇跡だと言う者もいる。最初の頃は、誇るに足る日もあった。我らの防衛軍は城壁に猛々しく並んで甲冑をきらめかせていた。晴れ渡った空には彼らの槍のたてる音が響き、街の旗は気忙しく動く愚か者の舌のように空にはためいていた。だが間もなく、敵は城壁に突撃してきた。無数の射手と何百という弩砲《どほう》を備え、我らの軍勢を惨めで名ばかりのものに変えてしまった。今や城壁は無人であり、灰色の顎鬚の男がときおりふらふらと上がっていっては、これ見よがしに壁越しに用を足すか、小さく萎びた拳を振り回すだけだ。

敵はいつ最終攻勢をかけ、城壁をよじ登ってくるのか？　それが今の問題だ。その問いはより大きな問題とつながっている——すなわち、どうして彼らは最終攻勢をかけず、城壁をよじ登ってこないのか？

敵は何か独創的で手の込んだ策を練っているのだ、と信じる者もいる。その者たちに言わせれば、敵のとどめの一撃は、我らがいかに弱々しくはあっても敵を食い止めてきた時間に見合うだけの独創性を持つものになるだろう。土木工兵の話をする者もいる。長く曲がりくねる坑道を我らの城壁の下に掘るのではなく、街の通りの下に掘ってこっそり現れ、石を押して上がってくると、汚物にまみれて眠る我らの姿を目にし、飢えの夢を見る我らににじり寄り、土掘り用の外套の下から光沢ある短剣を抜くと、それぞれの天国と地獄に送り込む。

何千何万という訓練された鳥が街の上空に放たれる、と言う者もいる。どれも人の背丈の半分ほどもあり、気も狂わんばかりに腹を空かせた鷹たちが。他の者たちは真っ向からそれに異を唱え、何千何万という毒をもった蝶が、風向きの良いときに巨大な麻布の袋から解き放たれるのだと言う。蝶。それに軽く触れるだけで、犠牲者は肌が水ぶくれで沸騰したようになり、内臓は熱い石炭のように燻り、爪の下や目から血が滲み、喉から血を吐き、やつれた歯茎から歯に血が滴る。日が暮れる頃、死に至らしめる蝶の犠牲となった者は、夜の冷気でも和らげられないほどの熱にうなされる。一方、その熱に触れ、夜の空気は燃えるような温度になる。

我らは揃って街をさまよい、考え込む。心の内では不確かな恐怖が膨らみ、足下にある地面からいきなり手が突き出てきはしないか、無数の翼がはためく音が聞こえてはこないか、はたまた、墨色をした蝶が、上を向いた我らの顔にそっと舞い降りはしないか、と思う。

ここまで街が持ちこたえたことは奇跡だと考える者もいれば、それは敵が編み出した恐ろしい武器の一つだと考える者もいる。待たせるということ。待たせるという、残忍で恐るべき武器。

六ヵ月目、女たちは街から離れた。ある朝、一言もなく、女たちはあっさりいなくなっていた。彼女たちの姿をときおり見かける。新しく色鮮やかな服に身を包み、敵の野営地を歩いている。我らの何人かは無人の塔に集まり、狭間に置かれた望遠鏡に群がる。彼女たちを見ていると、我らの妻たちがときたま街をちらりと見やり、我らを嘲笑の種にしているように思える。

かつては慣れ親しんだ妻たちは、一緒にいたときには見せなかった苦々しさと侮蔑の念をもって遠くから街を見ているように思える。突然、城壁の内側での暮らしなど何も思い出せなくなったかのように。

ひょっとすると、逃げ出したという罪悪感を消し去るために、彼女たちは我らの欠点や、ありもしない軽蔑の念を強め、心から愛されていたその分、あっさりと我らを憎んでいるのかもしれない。我らの敗北は必至と思えたがゆえに、その敗北を望むべく心を決めたのかもしれない。

それでも、我らの多くは自問してしまう。ふとしたときに、彼女たちは我らのことを考えたりしないのだろうか。後悔の念とともに、秘められた、本当の幸福を思い起こしたりはしないのだろうか。それを確かめるすべはないが、彼女たちの心が我らに対して完全に閉ざされてはいないと考えると気分は良い。

日が沈んでいき、我らが見守るなか、彼女たちは慣れ親しむようになった道を歩き、兵士の天幕、暗がり、神のみぞ知る新たな私生活に向かっていく、それを眺め、我らは考え込む。彼女たちは我らのことを何か覚えているだろうか。心の奥深くでそれを大事に抱えているのだろうか。何がしかのことを。何でもいい。

我らを攻撃する敵がどこから現れたのか、勝利の先にある何を究極の目的にしているのか、それは計りがたい。

彼らは北から街に迫ってきた。何キロも何キロも、穏やかな牧草地、静まり返った湖、まばらな森が広がる、北方の地から来たことになる。さらにその先には、えも言われぬ丘がひたすら続き、ときに盛り上がり、またときには落ちくぼみ、古代からの山脈が高い草によってすっかり覆われ、雑木林が点在する。その次に風景は一変し、大地は固く植生は乏しくなるが、たくましい動物たちが歩き回っている。独特の孤独に満ちた、名もなき生物たち。そして大きな峡谷、その先にはひび割れた大地の広がる未踏の地があり、突風と、雷鳴なき稲妻が空を満たす。野蛮な地。そこが我らの敵の故郷と思われる。少なくとも、彼らにはいかにもふさわしい。とはいえ、彼らはどこからともなく、何にともなく駆り立てられてやって来たというのが真相だろう。

彼らの旗は、黒地に白の横線が一本だけだ。華麗さはない。どの兵士も簡素な鎖帷子を着込み、腰帯はたいてい着崩れて傾いている。顔全体が鎖頭巾に覆われ、無情な楕円形の目が覗くのみである。戦闘における彼らの動きは落ち着いており、統率され、感情は交えない。手早いが、熱意はない。容赦はないが、憎しみはこもっていない。

我らを滅ぼすのが彼らの目的だが、その目的の背後にある理由が示されないため、はっきりとしたことは言えない。彼らがどこから来たのだとしても、敵は敵であり、我らは我らでしかない。そして今となっては、どれほど無意味であろうと、争い以外に道はない。

いくぶん静まった彼らの野営地に、動きがある。虚ろな旗が掲げられる。角笛の音が虚しく響く。


街の大部分は一見して昔と変わらないが、実はすっかり変わってしまった。街の至るところにある建物や公共施設は、包囲戦の傷痕はなくとも、かつてとはどこかが違っている。我らは見慣れた場所を通りかかり、昔のままだと思う。かつて、トネリコの木が一本、ぐらつく石に囲まれていたところには、今でもトネリコの木があり、ぐらつく石に囲まれている。かつて鋸歯《きょし》状のアーチが中庭に続いていたところには、今でも鋸歯《きょし》状のアーチがある。しかし、そのいずれも、新しく、馴染みのない雰囲気に包まれている。親しさに同居するようにして、近付きがたくぎすぎすした雰囲気が濃くたれ込めている。それは左右のどちらか、上、または内にぎこちなく秘められていたりする。かつて我らが腰を下ろして休んでいた店の正面の階段は、落ち着ける場所ではなくなっている。かつては心休まり、心地良く迎えてくれた場所で、我らは突然の不安と逃げ出したいような気持ちに襲われてしまう。

時が経つにつれ、その不安はさらに強まり、我らのほとんどは、街のなかでもすでに破壊された地区を訪れるときにのみ心休まるようになってしまう——投石機によって屋根が破壊されてしまったビール酒場。ばらばらの材木の山と化した厩舎。片脚を失った、高貴なる街の創設者の像。

街を離れるとき、女たちの誰も子供たちを連れてはいかなかった。そのせいで、街で生き残った男たちはいささか困ったことになった。つまり、日中のほとんどを街の外で額に汗して働くことに慣れきっていた我らは、突如として、青白い顔の見知らぬちびたちの軍勢を世話する羽目になったのだ。

母親がいなくなったわけを訊ねられた我らの多くは、子供たちを落ち着かせるだけでなく、きっぱりとした説明をするべく奮闘した。母親たちは子供たちのことをとても愛しているが、原因不明の病に倒れたか、見知らぬ者に襲われたか、自然の気まぐれな悪戯によって命を奪われてしまったのだ、と。その一方で、妻を失ったという苦々しい気持ちのせいで、後で悔やむほど刺のある説明をする男たちもいた。常に心の内が怪しい母親だとは思っていたが、彼女たちは激痛のせいで顔付きがすっかり変わってしまうような病に襲われ、その感染力の強さゆえに長く尖った棒で城壁の外に捨てるほかなかった。あるいは、貧しく無知な者によって拉致されてしまったか、自然の気まぐれな悪戯によって体を引き裂かれてしまった。

世話をしようとする我らの努力に対し、子供たちは最初は半信半疑だった。ついに食料品店の品がなくなり、ときおりやってくる鳩を捕まえ、ときおり見かけるネズミを追いつめて槍で必死に仕留めねばならなくなると、子供たちの大きく見開いた湿っぽい目は、母さんがいたらこんな屈辱を味わうこともないのに、と語っていた。確かに、その状況は何一つ理想的とは言えない。子供たちがいなければ、我らの多くは水も食料もなくともきっぱりと座し、体が衰弱していくに任せて満足だろう。だが、子供がいるとなれば生き延びねばならなくなった。昆虫を集める。雨水を集める。街の害獣たちの腹を裂いて空にする。

今に至るまで我らの命が奪われずにいるのはなぜか、それを説明する方法はもう一つある。つまるところ、敵は我らを生きながらえさせているのではなく、勝利まであと一歩というところで、実は自分たちが生きながらえているのではないか。

事実、城壁からの報告では、街を取り囲む塹壕の列はこのところ落ち着いてきているようだ。塹壕の内部にある土の陣地のために、さらに土が掘り出されている。しばしば遠くに見かける男たちは髭を剃っているか、洗濯した肌着を即席の紐に干しているか、浅い青銅の桶で水浴びをしている。そのさらに奥には、より長く使用する建物が現れつつある——木造の食堂だ。ささやかな士官会館、といったところか。

控えめに言っても、その兆候には心乱される。

敵が我らの妻たちを手に入れ、我らの元には子供たちがいるとなると、明らかにこの包囲戦は数ヵ月、いや数年、それどころか数世代にわたるものになりうる。敵がこのまま定住するならば、最終的にはこの包囲戦は、一つの街が、一回り小さな街を取り囲んでいるという形になるのではないだろうか？　いくつかの小さな建物と、休日に酔っぱらった二人の侵略者たちの隊長が付けた何気ないあだ名が始まりになる——「包囲町《シージ・タウン》」。商人たちの売買所が加わり、店もいくつか作られ、そして一世紀が過ぎると首都として栄え、名称はシーグトンだかシグトンだか、その他意図せざる短縮形になっている。そして、いつかは包囲戦も活発には行われなくなり、小さな街はより大きな街に吸収されるかもしれないが、包囲戦はその新たな都市の文化に取り込まれ、慣習のあちこちに昇華されるだろう。包囲があったという事実は、とらえがたい喩えのなかで生きながらえるだろう。我らの子孫の話しぶり、あるいは話すことについての思考のありように影響を及ぼすだろう。彼らの思考、あるいは思考についての思考のありように。どのような言語が話されるとしても、「望まれた」という語と「征服された」という語は同じになるかもしれない。「正しい」と「勝利」、「誤り」と「敗北」が同じ語になる。「不必要」という語があるせいで、「弱い」という語は消えるかもしれない。恋する少女は、「ぐらつく城塞」などと形容されるかもしれない。生まれたばかりの赤ん坊は「兜なし」と。意見を異にする二人は、「陣地」にいるとされ、議論のなかで「攻撃済」か「防衛済」となる。その都市の市民たちは、無数の仕事に大わらわの自分たちを「砲撃されて」いると形容するかもしれない。花は「ブーケ」で贈られるのではなく、「矢筒」に入れられることになる。

時は消尽しつつ進んでいき、我らの時代における大いなる悲劇であるこの包囲戦は、果てることのないさざ波を送り出し、考えも及ばないような遺産を生み出すだろう。一方の我ら、街で生き残った男たちは無に消えていく。この争いにおける我らの側、我らの思考や恐怖はすべて、半ばで途絶えた運命の道と、ゆったりと迷走する筋立てにすぎないのだろう。

もちろん、そうした不満をもってして、我らを腰抜け呼ばわりする者もいる。つまるところ、我らはなぜ城壁で戦う男たちに加わらなかったのか？　妻に見捨てられたとき、なぜ我らは何もしなかったのか？　あるいはなぜ、我らが無抵抗であるがゆえの苦しみを子供たちに味わわせるのか？　どうやっても敵の包囲網を突破はできないとしても、そもそもの話として、なぜ城壁から出て立ち向かい、名誉ある死を選ばないのか？

そうした問いに対する我らの答えはただ一つ。勇気にも様々な形があり、我らの勇気は静かで内的なものだ、という答えだ。

妥協の余地なき変化の力、つまりは当の敵だけでなく運命そのものの力が及んでくるとき、その進行がどのようなものであれ、我らはそっと「否」と応える。それに抗う手段も意図もないとしても、我らの唯一の道とは自分たちの道を保持することであり、敵に対して屈従したくない気持ちと反抗したくない気持ちが同居していても無駄だとしても、構いはしない。我らの目的とは誠実であることだ。何に対して？　それはどうでもいい。いつまで？　いつまでも。

それが我らの勇気のありようであり、戦闘を行えばそれは失われてしまう。

我らの勇気とは忍耐に似ている。我らのために創造される世界がどのようなものであれ、精神にはすべてを受け入れる広さを持つだろうから、我らの世界観にも常に存在の余地があるだろう。

すると、敵の勇気とはどのようなものだろうか？　間違いなく、一つの軍隊としては勝利をもたらすだろうが、一人一人の男たちについてはどうだろう？　街という街をねじ伏せ、勝利に次ぐ勝利を収めるだろうが、最後には、戦線は未来の征服のために取っておかれた地域にまで入り込んでしまうだろう。傷を負った少数の男たちが凍てついた川の中央に立ち尽くし、なすすべもなく見守るなか、凶暴で冷酷な種族が突撃してくる。その手に持った斧と、体の後ろにたなびく顎鬚が、終焉をはっきりと物語っている。一人一人の男たちについては？　そのような勇気は、最後に彼に何をもたらすのだろう？　その男個人に対しては、勇気はこの上ない喪失をもたらすが、彼が仕える軍勢にとっては、感じられないほど小さな喪失でしかない。

我らと同じく、敵も一人残らず死ぬ。彼らが為してきたことといえば、みずからの死後も残る類いの勇気に身を委ねただけであり、それが真の勇気であって我らの勇気は偽りであると言うのなら、それは仕方のないことだ。我らは一人残らず腰抜けであり、我らの敵はみな、ずば抜けて勇敢な男たちだ。

とはいえ……

とはいえ、また最初からやり直さねばならないのなら、我らとしてもいくつかの点では違う道を選ぶだろう。

遊びたくなった子供たちは、通りで石のかけらを蹴り合う。喉が渇けば、立って空を見上げ、雨雲が集まってくれることを祈る。城壁で戦っておけばよかった、と我らは思うだろうか？　それはない。だが、妻の体に愛おしげに腕をかけて眠っていたならば、彼女たちが去るときに気付いていただろうし、何かを言えただろう――さよならを言うだけだったとしても。子供たちのことをもっとよく知っていれば、ネズミを食べることを一種の遊びに変えるのも簡単だっただろう。つまり、我らはもっと多くのことをやれただろう。

だが、起きてしまったことは仕方がない。街はすっかり破壊されたとはいえ、どういうわけかまだ征服されてはいない。我らの何人かは集まり、いずれは大軍が押し寄せてきたときに備え、すでに悪臭を放っている井戸に毒を……。すべきことはさしてない。子供たちを死体から遠ざけ、死体は通り道から遠ざけておく。城壁を見張る。城壁を見張る。そのうち現れるかもしれない割れ目を待つ。鈍い轟きと、街に雪崩れ込む男たちを。

外では、めいめいの準備段階にある部隊が、街を囲む塹壕をうろついている。馬にまたがった士官がそこかしこに配置についている。何とはなしに蹄が上がり、そして下りる。たてがみが揺れる。どの士官もくつろいだ様子で座り、手綱に軽く手を置き、空に徴《しるし》を探しているが、それが決して現れないかもしれないことを、我らは知っている。

フランス人

The Frenchman

中学一年生のとき、僕は体育教師が書いた劇の主役になった。その年、ウィットリー先生は教育委員会を脅して劇の科目の担当にしてもらい、専門科目手当の昇給を無理やり勝ち取っていた。四限の「演劇」クラスを取っていた僕たちに、劇を書き上げてきたとウィットリーは言った。俺の体には演劇の血が流れてるんだ、と。でも、僕たちは知っていた。彼はコロンブス記念日の連休に劇をやっつけ仕事でこしらえて、劇を教える資格はないというPTAからの非難をかわそうとしたのだ。

彼のクラスにいた僕たちにとって、その劇への参加は必須だった。『死の館』と銘打たれたウィットリー手作りのビラは「国を超えた魅力」を謳っていたが、脚本に従って殺人事件を解決しようとする僕とクラスメートたちは、知らず知らずのうちに、ウィットリーの衝撃的なほど偏狭な世界観の片棒を担がされていた。

僕が演じた役は「フランス人のルイ」という男だった。恰好はと言えば、鉛筆で描いたような細い口髭とタバコに見せたキャンディー、けばけばしいピンク色のスカーフ、それに合わせたベレー帽だった。殺人犯がまた襲ってくるという話が出ると、僕はいつも「元奴隷のジェローム」の後ろに逃げ込み、「コウサーン！」と叫ぶことになっていた。それ以外の出番では、熱情的なスペインの乙女コンスエラ・エル・タパスに芝居がかった流し目を見せ、彼女の腰をつかんでよだれを垂らすふりをする、と指示されていた。あの上演の夜、最初に笑いを取るべく書かれた場面では、ドイツシュトルーデル嬢が、何かお持ちしましょうか、と招待客に言うと、僕は立ち上がって「ワインが足りませーン！」と叫ばされた。笑いは取れず、客席にいた保護者たちが座ったまま、一斉に、居心地悪そうに身動きする音しかしなかった。

僕たちのクラスによる最初で最後の『死の館』上演のあとの囂々《ごうごう》たる非難のなかで、『ハンコック・イブニング・ニュース』の第一面には、まさにその瞬間の僕の写真が掲載されていた。そこに写り、舞台の中央で大きく両腕を広げる僕は、フランス人版アル・ジョルソンのようだ。ベレー帽はきざな角度で後ろに傾け、顔の歪み具合ときたら、科白の訛《なまり》は喜ばしき無知の産物なのだと観客に合図している。写真で僕の隣にいる、円錐形の帽子をかぶった女の子は、自信なさそうに観客の方をぼんやり見ている。見出しには——「衝撃！　差別的な劇で教員解雇」

ジェロームの役を演じたトニー・ゴールドマンの一家は、学区に対して訴訟手続きを取った。黒人の扮装は、劇をめぐって最も白熱した論議を呼んだ。スーザン・ウィルソンの一家も同様の訴訟を起こした。『ハンコック・イブニング・ニュース』の一面で僕の横に立っていたのが彼女だった。極東に関するウィットリーの混乱した知識のせいで、スーザンはカンボジアの農家の衣装を与えられていたが、脚本では何度も「一介のゲイシャ」として紹介されていた。ゴールドマン家とウィルソン家が揃って訴訟に勝利すると、劇に関わった生徒の親たちはこぞって弁護士と面会し、劇に参加させられたことによって子供たちが被った精神的苦痛について話し合い始めた。

でも、僕の両親はそこには加わらない少数派だった。僕が『死の館』に参加したことを恥じるあまり、公の場でその問題を追及するなど論外だったのだ。ウィットリーの劇を演じた僕たちはまだ幼く、知識もなかったから、劇のどこがそこまで問題なのかは分からなかった。リハーサルでは、みんな劇を楽しんでいた。でも舞台に立ってみると、観客からのこわばった反応に他の生徒たちは気がつき始めた。しばらくすると、みんな演技がおとなしくなっていき、科白は恥ずかしげに、おざなりに口にするようになった。教えられずとも持ち合わせていた分別のため、舞台上の何かがまずいのだと理解できたのだ。ところが僕は何一つ気がつかず、『死の館』が上演されている間も絶好調だった。僕がかましたアドリブだけでも、プログラムの予定から二十分も超過していた。藪から棒に、僕は舞台の上で他の登場人物たちに「パリーではこぉんな風に踊るんデス！」と高らかに言うと、講堂の果てしない沈黙のなか、いつ終わるとも知れない発作的なダンスを披露した。

僕は自分の滑稽な演技にすっかり夢中になっていたから、カーテンコールの間に拍手がないことにも気がつかなかった。プログラムがお開きとなり、親がそれぞれの子供を連れて帰るとき、スーザン・ウィルソンが母親に抱きしめられて泣いているのを見かけた。そのときは、感情を解き放ったせいでスーザンが茫然自失になっているのだろうと考えた。僕も、舞台ですべてを出し尽くして同じように感じていた。

自分の演技をどれくらい誇らしく思ってもらえるか、学校の講堂で親を探す僕には想像もつかなかった。僕の親はすぐに感動することで有名だった。九歳のとき、家族の集まりに僕はデニムの半ズボンをはいていき、たまたま、レベッカおばさんのキッチンの床に下痢をぶちまけてしまった。その日、あとで親から褒められた。本気だった——リノリウムの床でしたなんて、よく気が利く子だ、と。でも、ウィットリーの劇の後で人混みのなかにいた親を僕が見つけたときは、一言もなかった。母さんは僕にコートをかけ、父さんは僕を肩車すると、不安げな小走りで駐車場に向かった。走り去るときに母さんが学校に向ける目は、火災現場でも見ているようだった。

家に戻ると、父さんからは、二度とウィットリーの劇の話はするなと言われた。もし口にすれば勘当する、と。フランス人のルイの衣装を捨てさせられた僕は、少なくともその初日の夜は、両親は頭がおかしいのだという苦々しい思いによる涙をどうにかこらえた。ウィットリーが免職になってようやく、その反応がどれだけ一般的なものかを僕は悟り始めた。

『ハンコック・イブニング・ニュース』の六面には他にも数枚の写真があり、黒人に扮したトニー・ゴールドマンの後ろで滑稽なほど大袈裟に縮こまっている僕の姿が写っていた。また別の写真での僕は、アジア人役のスーザン・ウィルソンに話しかけつつ、両目を横に引っ張り、アジア人特有の厚ぼったい瞼を真似てみせていた。さらに別の写真では、ドイツシュトルーデル嬢の後ろで軍隊式の行進をしていた。そうした写真での他の生徒たちは怯えた表情だったが、僕は自分の演技にすっかり酔っていた。写真を見れば、その劇はすべて僕のアイデアなのだと思われても仕方なかった。

僕の両親は劇に続く裁判ショーには加わらなかったが、父さんは『ハンコック・イブニング・ニュース』の編集者に怒りの電話を何回かかけ、それ以上僕の写真を載せるなと警告した。でも、もう取り返しはつかなかった。四十七歳の体育教師の過ちのことで子供を責めるのはお門違いだ、とみんなの意見は一致していた。それでも、僕が役を演じるにあたって発揮した非常識な活力は無視できないものだった。学校の先生たちやクラスメートの顔つきから、僕は理解した。知らず知らず舞台で表現した無知が、変わることのない僕の人間性の一部とみなされつつあるのだ。

ウィットリーの劇の後は、どこまでも前向きな若手の先生たちでさえ、僕に声をかけたがらなくなった。食堂で人種差別的なジョークを飛ばして笑っていた生徒たちも、その偏狭さが新聞で公にされたことがないために、僕よりも道徳的に優れているのだと思っていた。劇自体の記憶は数週間のうちに薄れていったが、その烙印は何年も僕に付きまとった。その時点から、僕の人生は圧倒的で執拗な恥の感覚によって支配された。

父さんは結局、劇のことはもう口にするなという禁止令を解除した。高校のときは、二人の間でお決まりのジョークにすらなった。特に不注意なことをやらかすと、父さんからルイと呼ばれ、僕は笑い、古いジョークを復活させた間違いを謝った。フランス人のルイのことを思い出してしまうことが僕にとってどれだけ辛いか、あるいは、ウィットリーの劇の話は二度とするなという父さんの最初の布告を二人で守っていればよかったのにと僕がどれだけ願っているか、父さんには分かるはずもなかった。

今でさえ、『ハンコック・イブニング・ニュース』のあの写真が、もう成人した僕の人生にどういうわけかまた現れて、その責任を問われる羽目になりはしないか、と僕はよく不安になる。もちろん、根拠のない恐れではある。もう二十年近く前の写真だ。けばけばしいフランス人の服を着た十二歳の少年が僕だとは、誰にも分からないだろう。それでも、誰かが気がつくかもしれないというわずかな可能性だけで、その恐怖は生き続ける。

ひょっとすると妻に知れてしまったら、というのが一番の不安なのかもしれない。彼女はオランダの生まれだし、オランダ文化は『死の館』を執筆中のウィットリーの構想からは完全に外れていたが、他文化への誤解にかくも満ちた劇に僕が加わっていた、と彼女に知られるのは耐えられない。

何と言っても、僕はウェイターたちが妻の訛に眉をひそめ、説明してくれと言わんばかりの様子になるのを見てきた。彼女がたまに英語を言い間違えたとき、雑貨店の店員たちに馬鹿にされるのも見てきた。テレビのCMや子供向け番組で、彼女の祖父母が眠る国が風車と木靴という漫画の風景として描かれているのを見てきた。彼女は穏やかな性格だし、思慮深く前向きな人柄だから、そうしたイメージに長く悩みはしないが、一瞬心乱されているのは分かる。言葉に尽くせぬ青春の思い出が詰まったその土地が、不快になるほど可愛らしく単純化されているのを目の当たりにして不満なのだ。

そうした無神経さが積み重なると、ついには妻も深い疎外感に苦しんでしまう日もある。そうした日の夜、彼女はよく寝言を言う。発作的に見る、彼女がアメリカ暮らしを始めたばかりの頃の思い出が蘇る悪夢で、彼女はある英単語を思い出そうとするが、それはいつもすり抜けてしまう。そうしたとき、彼女はドライクリーニングの店主に話しかけているか、見知らぬ人に道を訊ねている。どれも神経が磨り減るような、人との最初のやり取りだ。彼女の声はいつも申し訳なさそうだし、不安感が滲んでいる。そうした発作が近付いていると分かれば、僕は彼女を起こし、不安を感じずに済むようにしてやる。でも僕がうっかりしていると、七年前のレストランでの出来事、「ディナーロール」を英語では何と言うのか妻が思い出そうとしていた場面の再現がいきなり始まり、僕は仰天して起きることになる。

そんな彼女の声を聞いていると、僕はまたフランス人のルイに思いを馳せ、あの古い恥に胸が痛む。妻のように知的で優しく寛大な人にさえ、歓迎されていないとか場違いだと感じさせてしまう人がいると思うと、僕は激しい怒りを覚えるが、それはもっぱら僕自身に向けられたものだ。

とはいっても、啓示のような美しい瞬間が訪れるときもある。僕に起こされた妻はいつも、自分が寝言を言っていたと分かっている。今度は何だったの、と訊かれ、君はもっとロールパンを持って来てほしいとウェイターに頼もうとしていたよ、と僕は言う。すると彼女は勝ち誇ったように「ロールパン！」とその言葉を口にして、すぐにまた眠りに落ちる。

そうしたとき、自分が夫と一緒にベッドにいるのだと知って妻が安心したとき、僕は自問する。僕はいつ分別を身につけ始めたのだろう？　いつから、彼女にふさわしい男になり始めたのだろう？　小さな頃のとてつもない欠点がドアになり、僕がそこを通り抜けていったのはいつなのだろう？『ハンコック・イブニング・ニュース』の一面写真が目に浮かぶ。僕は両腕を広げ、愚かさの花を満開に咲かせている。僕は自分に言い聞かせようとする。それはあの瞬間に、僕が理解するよりも早く始まったのだ。

諦めて死ね

Lie Down and Die

僕が生まれた次の日、父さんは撃たれて死んだ。ミズーリ州セントルイスでの出来事だった。僕としては、父さんの人生はあまりうまく行っていなかったと考えるしかない。父さんについてはかなりを憶測に頼るほかない。背が高かったとか、髭を生えている向きとは逆向きに剃っていたとか、悲劇的で不当な死だったとか。僕は迷信にとらわれるような人間ではないが、父さんは僕に生きて会えはしないと分かっていた、と考えるしかない。

たとえば、子宮にいた僕を、父さんは野球の試合に連れていってくれた。写真が一枚ある。母さんがタイガー・スタジアムでぎこちなく後ろにもたれていて、野球帽が入念な角度でお腹に乗っている。今から見ると、それは息子が生まれるまでの九ヵ月を生き延びられるとは思っていなかった男のやることだと思える。

父さんがなぜ、そして誰に撃たれたのか、母さんは一度も教えてくれなかったし、子供心にも僕は変だと思っていた。その思いをさらに強めたのは、僕が十三歳のとき、母さんが前触れもなしにふらりとナイアガラの滝に行き、誘拐されてそのまま戻らなかったという出来事だった。

僕の一族はその手の話に事欠かない。不審な自殺、突然の失踪、常に犯罪を疑う警察。叔父さんが一人姿を消し、見つかったときには家から何キロも離れた農場で機械にめった切りにされていた。いとこの一人は家出して、数週間後、彼女は南アメリカに向かう船の貨物室で両手首を切られて発見された。まるで、僕たち一族の系図が目には見えないインクで書かれていて、名前や線は書かれるそばから消えてしまう、そんな調子だった。

単に僕たちの一族が所有しているだけのものでさえ呪われているようだった。ペットがいきなり炎に包まれる。箱から出したばかりの電化製品は、不気味にも動こうとしない。

ある夏の日の午後、僕が見ていると、ロヨラ伯母さんは新品のミキサーをクリーム色のキッチンの壁コンセントにつなぎ、「パルス」と印の入ったボタンを押した。回転しようとしない刃が立てる、ヒュー、カチカチという不自然な音を耳にすると、突然、そのミキサーの不良音が僕たちすべての運命の縮図だと言わんばかりに、伯母さんは泣き崩れた。

六ヵ月後、伯母さんは聖体教会での土曜日夜のミサの後、駐車場でビュイックにはねられて死んだ。

もちろん、そうした死を横目に成長するのは辛いものだったし、今でも、僕はアパートを出るときにはかなりびくついてしまう。曇りガラスのバンと、脱穀機、材木破砕機が、往来の多い通りの真ん中に置いてあるという不可解な光景を目にしたりする。不審な音があり、怒った顔の見知らぬ人がおり、至るところにいる無謀な人々はすべて、知られざる危害を加えようとしている。そうしたとき、さあ来たぞと思えるとき、僕が下を通ったとたんに街灯が明滅して消えてしまうといった、今度こそ人生の道半ばで死を迎えると思えるとき、僕はよく、父さんと母さんの運命や可能性といったことを考える。

　僕が考える可能性とは、あの日のタイガー・スタジアムで、ファウルボールが母さんのお腹を直撃し、結果として流産になっていたかもしれない、というものだ。セントルイスで自分を狙った弾丸を父さんがよけ、紙一重のところで襲撃者から逃れていたらどうだろう。母さんが樽に入ってナイアガラの滝から落ち、すんでのところで誘拐の手を逃れ、泡立つ滝壺から救い上げられて樽から引っ張り出され、救助してくれた人たちに一部始終を語って聞かせていたら。目に浮かぶ母さんは、度肝を抜かれた人たちに囲まれてフェリーの甲板に立ち、ずぶ濡れで息を切らせている。

　僕の心はさまよい、その一瞬が過ぎる。僕はぴんぴんしている。すると一気に、世界とは悲しくも不合理な死の歴史なのだという思いが、心安らぐものにすら思えてくる。

　その後どうなるのかは、場合によって違う。後で月が大きく見えるときもあれば、遠くで列車の音が聞こえるとき、あるいは、犬の吠え声、耳が痛くなるほどの蟬の鳴き声が聞こえるときもある。

筆写僧の嘆き

The Scribes' Lament

古英語詩の写本はどれも嘆かわしいほど不正確であり、ほぼすべての頁において、しばしば修道院の慣習に従って口述筆記を行った素養に乏しい筆写者の無学をさらけ出している。古英語写本のなかでも、私が思うに『ベオウルフ』の写本は、率直に言って最低のものである……

——ベンジャミン・ソープ著

『古英語詩「ベオウルフ」、「ウィードシース」、「フィンズブルフの戦い」』

その日の朝、エルフリック修道士は藁の人形を抱えて集会堂に入ってきた。これは従士だ、と私たちに言うと、腰掛けに乗り、人形の腹部を齧り始めた。わずかにあった人形と従士との類似が消え、内臓もすっかりなくなり、藁の残りが床に散らばるのみとなっても、彼はまだ腰掛けに立っていた。彼は館での戦闘の詳細をがなり立て、私たちは必死でそれを書き留めた。

彼の体がぐらついたのは、戦闘をどうにか持ちこたえている館の板の継ぎ目に関し、とりわけ込み入った様子を説明している最中だった。彼は並んだ無人の書き物机に頭から落ち、その一つに顔をぶつけて叙事詩的な音を立てた。ひょっとすると、それが狙いだったのかもしれない。

一瞬、彼は机の下で動かなかったが、騒々しい音とともに立ち上がると両腕を高々と上げ、手はかぎ爪を立てたような形にして机に吠えかかり、机を恐怖で追い散らそうとしているかのようだった。この調子で午前中ずっと続いたとしてもおかしくはなかったが、そこに、いささか気の小さいことで知られる若者のウィグバート修道士がうっかり羽根ペンを落とし、拾おうともぞもぞ動き出した。筆写僧の一人が書く手を止めたと見るや、エルフリックはとてつもない唸り声を上げてウィグバートに突進し、本能に動かされた若者は命からがら逃げ出した。

二人は集会堂をぐるぐると駆け回り、広々とした部屋にウィグバートの少年のような悲鳴が響いていた。かなりの長身で痩せていたウィグバートと、ずんぐりとして腕もがっしりし、丸い腹の出たエルフリックは好対照だった。歩幅の長いウィグバートは、最初は追手をかなり引き離していた。だがエルフリックは奇妙なほど足が速く、ウィグバートはしじゅう後ろに目をやっては、狂ったとおぼしき男が着実に差を縮めてくるという恐るべき光景を見ていた。

追っているときも、エルフリックは役になりきったままだった。彼の物腰は隅々まで、あの恐ろしい客（彼はその化け物に多くの形容を与えていた）、あの罪の番人たるグレンデルだった。その役から離れるのは、私たちに指示を出すときだけだった。

「この男の足取りをしっかりと書き留めておけ」彼はウィグバートを追い回しながら言った。「それから、死に際の咆哮もな」

それを聞いたウィグバートは、さらに半狂乱の勢いで走り始めた。

エルフリックから逃れようとやみくもになっていた彼は、倒れていた書き物机の一つにつまずき、床に倒れ込んだ。しばらくそのままで、静かにめそめそ泣いていたが、鼻から血の小さな一滴が垂れてくるのを見ると、臆面もなく泣き出した。

エルフリックはウィグバートを仰向けに転がし、その上にまたがった。

「見ておけ」と彼は言った。「槍の誉れ高きデーン人の内臓が抜かれるところを」

エルフリックは両手の拳をウィグバートの腹に押し付け、素早く離すと高く上げ、よく見えるようにした。どういう手品を使ったか、その両手には突如として従士の人形の肉代わりに使われていた薄黄色の藁が握られていた。高く掲げられたエルフリックの拳に、本当に自分の内臓があるとでもウィグバートは思ったらしい。彼は悲鳴を上げた。その苦痛に満ちた音を集会堂の丸天井に向けて発すると、気を失った。それに満足したエルフリックは振り返り、私たちがみなしっかり見ていることを確かめた。私たちが真面目に書き留めていると見ると彼は微笑み、両手に握った藁を宙に放り投げ、今日の物語はここまでにすると宣言した。

エルフリック修道士の着任直前に修道院長から聞かされていた話では、彼は非凡な学者だということだった。私たちにとって、学識とはすなわち沈黙と規律だったから、エルフリックには非凡な沈黙と規律があるものと思っていた。修道院長によれば、私たちはエルフリックと一丸となり、神の栄光となるであろう作品を創造する手助けをすることになっていた。

私たちが彼の補助に選ばれたのは、知性と、熱烈ではあれ慎みある好奇心がゆえだった。意味も分からぬまま言葉を連ねていく筆写僧たちとは違っていた。私たちは明晰な理解をもって写本を作り、言葉と言葉の間には論理的なつながりがあった。言語を愛して止まない私たちは、作業にあたる互いの顔に同じ満足感を認めた。主が言葉の世界に私たちをお導きくださり、確固として聡明な意味を与えてくださったことへの感謝の念が、そこにはあった。何と言っても、それが私たちの信仰の礎《いしずえ》ではないだろうか？　私たちが従っていたのは神の言葉だった。私たちを導き、世界を統べる善を広めるのは、神の言葉だった。

当初の私たちには高名なるエルフリックから何であれ学ぼうという意欲があったが、待ち望んでいた大学者は、神の僕《しもべ》というよりも神の芸人だった。

エルフリックの口述筆記のやり方を好む者はいなかったが、私たちが最も恐れたのは、その後に起こることだった。その日にどのような狂気が繰り広げられたにせよ、エルフリックが語って聞かせた物語の草稿をみなで一部作り上げるのが私たちの務めだった。この手順において変化するものとは、エルフリックがどのような暴力を実演してみせるか、そして物語のどの部分を彼が語ることにするか（場面はいつもごちゃ混ぜであり、絶望的なほど順序を無視していた）という点だった。

だが、問題があった。私たち筆写僧は十一人おり、エルフリックの語りの間にめいめいが書き留めた言葉は、いつもてんでんばらばらだった。集会堂を逃げ回るウィグバートの姿を、怪物グレンデルから逃げる槍の誉れ高きデーン人の王の描写に使うことで意見が一致していても、その描写がどうあるべきかについては見解が分かれた。私たちは「槍の誉れ高きデーン人の王、顔は恐怖で＊＊＊」と書くつもりだった。そして全員で書き留めた言葉を参照し、形容詞をほとばしらせる。

「青白く！」

「暗く！」

「こわばって！」

「黄ばんで！」

デーン人の王が逃げていく足取りを描こうとするならば、互いに異なり、筆写僧それぞれが思うに変えようのない、十あまりの比喩に出くわすことになる。デーン人の王は度肝を抜かれた野兎のように逃げた。力強い牡鹿のように逃げた。生まれたばかりの仔馬のように。ふたたび飛び立とうとする、傷付いた鳥のように。そのすべてを一つの草稿に入れるならば、私たちの前にはキマイラのごときデーン人の王、馬の脚と曲がった翼をもつ無定形の生物が立ち上がる。だが、怪物から逃げる男を描くとして、男と怪物の区別がつかなくなれば何の意味があるだろう？　それに、どれか一つの比喩を採用してそれ以外を却下しようとすれば、興奮した毒々しい議論になるのは目に見えている。

どの描写も、それぞれの視点からすれば自分独自のものであるため、あれがいいかこれがいいかという議論は、すぐに人格に関わる話になってしまう。それ以外に進めようはない。もしエルフリックによるウィグバートの追跡を私たちがどう書き留めたのかと訊ねられれば、見たままを書きました、という以外には弁明のしようはない。その意味で、私たちにとって観察の確かさを裏付けるには、観察しましたと言うほかない。そのようなわけで、ある描写の質に関してその優劣を議論するには、その描写を行った人間の質に議論の矛先を向けるほかなかった。成人してからほとんどの時間を狭い場所で肩を寄せ合ってきたとなれば、その手の議論がどれほど醜いものになりがちかは想像してもらえるだろう。

エドガー修道士による、ウィグバートの「死の咆哮」をめぐる議論のなかで、アスウァルト修道士は、遡ること六年前、エドガーが晩課の最中に屁をひった出来事を持ち出した。それに対抗し、エドガーはアルバート修道士の朝立ちが服越しでもはっきり分かると言って八つ当たりした。この手の非難や過去の話が幾度も部屋を駆け巡り、ついには履き物が片方投げられ、誰かが誰かを押すと、後は連鎖反応だった。

大乱闘は必至かと思われたが、そのとき誰かが、もう一度ウィグバートを集会堂で追い回してはどうかと思い付いた。そうすれば、追われるウィグバートをふたたび観察し、正しい記録を確定できるだろう。騒ぎ立てる当人を別にすれば、私たち全員が頷いた。

エルフリックの恐ろしさには及ぶべくもないが、エドガーはそれなりに奮闘してウィグバートを怯えさせ、追われる修道士の方は、一度目に集会堂を逃げ回ったときに劣らない恐怖に囚われていた。幸運にも、ウィグバートは午前の始めにも見落としていたのと同じ書き物机にまた足を取られた。出来事の再現は首尾よく運び、ウィグバートがまた叫び、気を失ったときの私たちの喝采ぶりからも、相反する観察という問題はこれでようやく解決したのだという思いは明らかだった。だが、ウィグバートが起き上がらせてもらい、自分の席に戻った（その日の彼は仕事に加わろうとはしなかった）途端、誰の観察が正しいと実証されたのか、私たちはまた意見を戦わせることになった。

その翌日、エルフリックは竜の着ぐるみに身を包んでいた。人の三倍の高さと二倍の長さをもつ、着ぐるみというよりは大きな構造体であり、エルフリックは午前のほとんどをそのなかで過ごしていた。従士の藁人形とは違い、竜の構造はかなり堂々たるものだった。着ぐるみが動くたびに、垂れた麻布が糸によって上下し、獣の歩き方を示す大まかな動きを見せた。同時に、構造の下にある何らかの仕掛けにより、竜は不自然なほど滑らかに移動した。エルフリックはどういうわけか竜の首を操ることができ、頭の向きや、顎の開閉も自由自在だった。集会堂をくまなく巡ってから、竜は唐突に止まり、大きく黒褐色に濡れた目で私たちを凝視しているようだった。「我を描写せよ」と竜は言った。「我がトカゲの肉体を細かく描き出すのだ」

怪物の顎の動きはその言葉と合っていたが、声は腹から響いているように思えた。そこが、竜のなかでエルフリックのいる場所なのだろう、と私たちは考えた。ときおり、竜の喉に続く小さな階段を彼が登っていく音が聞こえ、そこから彼は長広舌を振るうか、腕に抱えた藁を竜の口から投げ、炎の弱々しく哀れな代わりとしていた。

その着ぐるみを操るのはかなりの苦労だったはずだし、竜の内部は相当暑苦しかったのだろう。私たちがそう考えたのは、着ぐるみのなかのエルフリックが裸だと分かったからだ。彼が怪物の喉に登ってくるときはいつも、段に素足が当たる音がすぐに分かった。竜の皮膚のほぼすべてを成す古い穀物袋は、食堂の地下にある小さな貯蔵室からエルフリックがせしめてきたものだった。袋が擦り切れている部分に、私たちはまったく意図せずして、ときおり覗く裸の肩や、青白い尻を目にするようになった。

そうした、袋の擦り切れた穴から、エルフリックはしばしば詮索好きな目を外に向け、私たちの仕事ぶりを観察していた。竜の恰好をしたエルフリックに見せしめにされるのではないかと思うと、私たちは彼が外で行う演技と同じくらい恐怖を感じ、大袈裟な勤勉ぶりで書き続けた。

ウィグバートに至っては、羽根ペンを糸で人差し指に巻き付けていた。午前中はそれでうまく行っていたが、エルフリックは前日のウィグバートの演技が気に入っており、羽根を結わえ付けてはいても、彼が選び出されるのは避けられないと思えた。

着ぐるみのなかから、黄金の杯を盗まれたことによる竜の怒りをエルフリックは語った。それを実演すべく、竜に炎を、すなわち腕いっぱいの湿った藁を吐き出させた。それから、エルフリックの語りの焦点は、物語の主人公、今や年老いた王となったベオウルフに移った。そして、国中に武勇を轟かせ、竜に太刀打ちできる唯一の男、偉大なる王にして槍の名手について語りつつ、歯車が着実に回る音を立てながら、エルフリックはゆっくりとウィグバートに竜を向け始めた。

そして始まった戦いは、私たちの誰も予想だにしなかったほど奇妙であり、言葉にしがたいものだった。ウィグバートがエルフリックの竜によってこっぴどく打ちのめされたという事実が、その戦いを奇妙にしていたわけではない。あるいは、エルフリックが竜の顎でウィグバートをとらえ、私たちの頭上で邪悪に振り回したという事実でもない。ウィグバートはぶら下げられて揺さぶられ、床に叩き付けられた。それは壮観ではあったが、戦いのその部分はおおかた予測できた。ウィグバートは臆病者であり、エルフリックは竜を操っていたのだから。ウィグバートが竜の口からなすすべもなくぶら下がっている場面には、さもありなんという雰囲気があった。それを奇妙にしたのは、ベオウルフと竜の戦いにおいて何度か、ベオウルフたるウィグバートが勝ちそうに思えたことだった。

竜はウィグバートを下ろすと、どうやらベオウルフから放たれたとおぼしき打撃を受けた様子だったが、当のウィグバートはまったく参加せず、傷付いて混乱し、敵の下で縮こまっているだけだった。どうにか意識を失わずにいようとしているだけの男から受ける架空の攻撃によって、竜が後ずさっているという光景は、ひどく倒錯した構図を生み出した。竜が守勢に回るふりをする、そうした局面は、その前後にある獰猛な打撃にも増して、ウィグバートにとって屈辱的であると思えた。

全体としては、ウィグバートが竜と戦う場面は信じられないほど複雑だった。前日のウィグバートとエルフリックの単純な一幕を言葉にするだけでも、私たちにとっていかに難しかったかを考えれば、今回の戦いを元にした草稿をみなで一部作り上げるという作業は、不可能としか思えなかった。

　私たちの描写が相反するという問題は変わらず付きまとった。言葉が私たちの信仰の礎である以上、描写しようとする物事に言葉が同じように結び付いていることが肝要だった。だが、単一の現象、例えば追われているウィグバートの様子が、人それぞれに異なる描写をさせたのだとすれば、言葉とは真理ではなく意見の器なのではないか、という懸念が生じてしまった。そう考えると私たちはとてつもなく動揺し、誰もそれ以上追及しようとは思わなかった。

　それがゆえに、私たちはそうした要素をすべて考えずに済み、かつ共同で草稿を作るにあたっての困難も解決してくれるような案を思い付いた。その日の朝に集会堂に集まる前、私たちは中心となって書き留める係を無作為に選び、一連の観察を最初にしてもらうことにした。その左にいる者が、最初の書き込みを正確に書き写すことで話はまとまった。その左にいる者もそれにならい、エルフリックによる語りが終わるまでそれを続ければ、私たちはまったく同じ書き込みを回収するだけでいい。

　集会堂での私たちの机は半円形に並べられ、そのどれも、隣の席にいる者が何を書いているのかはっきり見えるような距離に置かれていた。私たちの特技である草稿の筆写という技術を活用できるのだから、理想的な案だった。それだけでなく、エルフリックが語る間、全員が真剣に取り組んでいる風を装うこともできる。私たちはさらに先見の明を発揮してウィグバートを端に座らせ、エルフリックが彼を使うことにしても輪に穴ができないようにした。ウィグバートが集会堂の端から端へ何度も放り投げられる姿を目にした私たちは、集団としての直観の正しさを秘かに讃え合った。

　ウィグバートと竜の戦いが終わり、どうやってか竜が打ち負かされると、呻くような音をたてて梃子《てこ》をエルフリックが引く音がし、竜はゆっくりと横に倒れた。安堵で啜り泣きつつ、ウィグバートは自分の机に駆け戻った。ところが、高く聳える竜の着ぐるみ装置は彼に向かって倒れていった。自分の机に手が届こうかというとき、竜の頭が彼に落ち、柔らかい木に打ち込まれた釘のごとく彼を集会堂の床石に叩き付けた。倒れた衝撃で着ぐるみ本体から離れた頭部とウィグバートは、かつての修道院長による無数の改修作業の一環で造られていた古い貯蔵用の穴蔵に落ちていった。

　それから少し経ち、集会堂で聞こえる音といえば、倒れた竜の内部でエルフリックが何やら身動きしている音だけだった。それから、彼は怪物の腹部から姿を見せた。身に着けたばかりの腰布を巻いていた。汗びっしょりで、一仕事を終えて晴れやかな表情だった。ほとんど息を切らせながら、原稿に取り掛かるよう私たちに言うと、彼は部屋を出た。

　私たちはみな、集会堂の床に開いた穴の周りに集まり、驚くほど深い穴の底に向かって呼びかけ、まだ生きているかとウィグバートに訊ねた。直接私たちには答えてくれなかったが、彼が独り静かに呻いている声が聞こえた。そして、混乱したままの声で「ヨブ記」を暗唱し始めた。竜の頭部が全身を隠していたために、彼が怪我をしていないかどうかは分からなかった。右手だけが竜の片目を突き抜けており、奇跡的にも羽根ペンがまだ付いていた。

ウィグバートが穴に落ちているとなると、通常の進行には遅れが生じた。竜の頭部はあっさりと取り出せたが、ウィグバートを救出するにはかなりの時間がかかった。彼は頭をひどく打っており、そのせいで正気を失っていた。私たちが縄を下ろすたびに、彼はそれをはねのけ、少女が賛辞にはにかんでごまかすような様子でくすくす笑い始めた。何度か、彼は錯乱した様子で縄につかまったが、三分の二ほど引き上げたところで手を放してしまった。

ビュルフトノスの腰に縄をしっかりと巻いて下ろし、ウィグバートをつかんでもらい、ようやく引き上げてみれば、まだ錯乱しているとはいえ、彼はだいたいのところ無傷だった。私たちは次々に大きな歓声を上げて祝い、すっかりいい気分になったため、一瞬ウィグバートから目を離した。立たされるやいなや、彼は集会堂をふらふらと彷徨い、意味のない言葉をぶつぶつ呟いていた。幸いにも、私たちはすぐに我に返り、また穴に下りようとする彼をどうにか止めることができた。

誰もウィグバートを取り立てて好きではなかったが、私たちは彼の救出を喜んだ。私たちにとっては、力を合わせれば、いかに面倒な作業でも気持ち良く終わらせられるという証だった。そのささやかな勝利に気が大きくなり、私たちはその日の物語を再構成することに目を向けた。私たちはおのおの書き込みを手に取った。巧妙なる策により、それらはどれも同一であるはずだった。アルバートは「竜は＊＊＊だった」と書いていた。私たちはめいめいの書いたものに目を落とし、そして、陽気に声を合わせ、まったく異なる形容詞を叫んだ。

仰天した私たちは隣の書き込みと見比べてみた。二つ目のものは、一つ目を少しばかり捻ったものだった。三つ目はそれをさらに変化させていた。四つ目にさしかかると、もはや原形をとどめていなかった。私たちは信じられないという目を互いに向けた。どうしてこのようなことになったのか？　考えうるのは――とてつもない激動の思考がそこに蠢いているかのように書き込みを見つめながら、アスウァルトはそう口にした――原文を筆写する行為そのものが解釈に委ねられているということだ。それが本当ならば、私たちがエルフリックのためにしている仕事のみならず、筆写僧としてこれまで為してきたすべての作業もそこに含まれることになる。

私たちが写本の筆写から常に得ていた満足感とは、隣の仲間と自分がまったく同じ写本を与えられれば、二人が作り出す写本もまた同一のものになるという信念だった。だが、その状況を話し合えば話し合うほど、原本に忠実たらんと仕事を始めても、言葉から言葉に駆けていく私たちの頭は、知らず知らずのうちに秘かな好みや意見を表現するようになっていたのだ、と私たちは悟った。そのとき初めて、私たちは理解した。私たちの仕事は代替可能なものではなく、それぞれの写本を書き写すという経験は、集会堂を逃げまどうウィグバートの描写と同じく、個別的で立証不可能なものなのだ。

その先にあるのは、大いなる孤独感だった。私たちの筆写僧としての存在が立証不可能なものだとすると、私たちのキリスト教徒としての存在も同様だということになる。いや、さらに、人間としての存在も。それまで互いを「修道士《ブラザー》」と呼んでいたことは、かつて聖書を「真理」として口にしていたという事実と同様に、一気に馬鹿馬鹿しく感じられた。何の経験も共有していないのであれば、同胞《ブラザー》という概念がありうるだろうか？　現実として知るすべてが、私たちの不十分な観察から生じたものにすぎないのなら、真理という概念は成り立ちうるだろうか？　突き詰めれば、私たちが目の当たりにしているのは筆写僧として失格だというだけではなく、人間の孤独な経験の蓋を言葉がこじ開けることに失敗したという事態だった。

それについての私たちの議論は、次第に弱々しく、ついには決まりの悪い沈黙となった。到達した認識の重みがゆえに、私たちがふたたび口を開くには、その場にいる自分以外の全員に罪を着せるという暗黙かつ一致した決定がなされねばならなかった。私たちは互いの書き込みを取ると、新たに見出した不安感がもたらすかぎりの軽蔑をもってそれらをこき下ろした。私たちの立場は、個人の過誤の上にあるのではなく、どうやら避けようのない幻滅の上にあるものだと分かってはいたが、その日以降、私たちは互いの仕事を厄介事の種でしかないかのように扱った。互いに激しく怒鳴り合い、声には偽善的な怒りを滲ませていた。机の下で体を丸めていたウィグバートでさえ、眠りながら不快な音を立てるようになった。

微小生物集——若き科学者のための新種生物案内

Animalcula: A Young Scientist's Guide to New Creatures

1　ドーソン　2　エルドリット　3　ケッセル
4　ミーライト　5　バートレット　6　バストロム
7　観察の原理　8　ハリファイト　9　カークリン
10　ケイライト　11　レイサー　12　パグラム
13　アドルナス　14　ペリジャイト　15　ソニタム

ドーソン　*Dawson*

ある微生物を「美しい」という言葉で形容するのは奇妙に思われることだろう。微生物はおしなべて極小であるがゆえに、我々の周囲の至るところにいるにもかかわらず、人間とは違う次元、果てしなく遠く異邦の次元に存在するかのようであり、我々が慣れ親しんでいる美的基準をそこに適用することはほとんど無意味であるかに思える。それでもなお、ドーソンが極めて美しいことは否定しがたい。

この文脈において明らかにしておくべきは、「美しい」という語の使用についてである。例えば、イボイノシシの交尾儀式は実は優雅な舞踏なのだとか、どこにでもいる地衣類がどの現代絵画にも劣らないバランスと冷静かつ相互補完的な均整の好例なのだ、といった意見でもって、弁舌巧みな生物学者が諸君を感心させようとする言葉とは異なる。学者たちがみずからの学問領域を装飾過多な言葉で語るのはよくあることである。数学者であれば、とりわけ複雑な問題を交響曲であるかのように口にするだろうし、また爬虫類学者であれば、否応なく、アカダイショウが脱皮する様子をどこか官能的なものとして語ることだろう。だが、ドーソンを美しいと見なしうるのは、こうした悲しくも頭でっかちな意味においてではない。どの点においても、真菌類と藻類の切羽詰まった結婚や、泥のなかで脱皮するヘビ、砂丘の谷間で冷徹に交尾に励むイノシシに、ドーソンは似てはいない。そうではない。先の生物学者や数学者や爬虫類学者とは違い、おのれの分野をより力強く見せたいという欲求とは異なる観点から、ドーソンはその研究者たちによって賛美されている。真相は、それよりも遥かに情けないものである。

その状況をなるだけ細やかに言葉にするならば、次のようなものになる。人が人を見て美しいと感じるように、ドーソンは美しいのである。小さく、無定形の生物にすぎないが、その動きには愛嬌があり、どこか愛らしくもある。ときには、その動きは——より微細な濃淡を表す言葉がないのでこう言わせてもらえれば——セクシーである。たまたま目に入った、若い女性のポニーテールが遠くで揺れるその動きが、ときとして人の心を突然の不可解な渇望感で満たすのと同じく、また若い男性が袖をまくり上げていって前腕をあらわにする姿が、理解できない欲望を誰かに呼び起こすのと同じく、ドーソンはそれを観察する者を魅了する。

この生物の特質は、客観的な描写を頑として拒むがゆえに、諸君、つまりは若い熱意を花開かせている諸君には理解しがたいことだろう。諸君はドーソンを知り始めたばかりなのだから。十中八九、諸君は最初はその美しさに見とれるだけだろうが、ぼんやりとした味わいとして生じたものはやがて、より深い愛情になっていき、ありとあらゆる意味でのドーソンへの純粋な賛美の気持ちに変わるだろう。

それがゆえに、諸君のような若き科学者の多くは、ドーソンの研究に人生を捧げるようになっていく。その主題を扱う長く感傷的な博士論文によって大学図書館はどこも溢れ返らんばかりになっており、多くの論文は取り乱したラブレターのように書かれる傾向にある。どの研究機関の余剰書籍保管庫を巡ってみても、いくつもの部屋全体がそうした労作によって埋め尽くされているのが明らかとなるだろう。しかも、新しい本が続々と製本所から届けられつつあり、その黒と深緑色の表紙には金文字の題名がエンボス加工されている。『その動きは天使　ドーソンを一目見て』、あるいは、さらに厚顔無恥に思われるであろうが、『ドーソンに捧げる頌歌』といった本である。そのようなわけで、この微生物についてはは大量の文献が入手可能であり、本書に登場する他のどの生物についての文献も霞むほどであるが、そのほとんどは適切な有用性を持つとは言えない。

この主題に関する、唯一有益と言える著作は、一九二六年にアプルジー・コンウェィ博士によって書かれた『ドーソンの観察』という簡素な題名を持つ書物である。コンウェィはドーソンそれ自体にではなく、この生物が研究者に引き起こす愛情とその後の不満という現象に主眼を置いている。したがって、コンウェイの本はもっぱら心理学的著作であり、我々としては心からの遺憾の念を表明せねばならないが、提示される証拠の多くは文学的である。しかしながら、我々の目的は諸君にこの生物を紹介することにあるのだから、ひとたび知ってしまえば諸君自身が経験するであろう一通りの感情に備えてもらうのも有益かもしれない。なぜならば、諸君はまだ一体のドーソンも目にしてはいないが、我々の描写により、諸君の頬は間違いなくすでに紅潮しているからである。間違いなく、諸君は研究者たちをことごとく誘惑してきた生物に出会えると思うと、すでに緊張し、興奮しているはずである。

コンウェイの著作は、先に述べた点に大きく依っている。すなわち、「微生物はおしなべて極小であるがゆえに、我々の周囲の至るところにいるにもかかわらず、人間とは違う次元、果てしなく遠く異邦の次元に存在するかのようであり」云々のところである。コンウェイによれば、その事実こそが、ドーソンに対する観察者の愛情を底なしの不安に変えてしまう。コンウェイはそれを証明するべく、冗長でいくぶん場違いにも見える古代ローマ詩の議論を始める。

突き詰めれば、観察者を心底驚かせるのは、みずからの欲望が倒錯しているという認識ではない。むしろ、観察者が愛する者に非常に近く、ほんの数センチ手を伸ばしさえすればそれを愛撫できると考えたときに生じる逆説が原因なのである。しかしながら、両者の大きさの乖離により、両者の間には無限の隔たりがある。

ここで、「戸口の嘆き」という古典的な詩の形式を思い起こす向きもあることだろう。アウグストゥス帝時代のローマの悲恋の詩においては人気のあった主題であり、そこでは求愛者、「締め出されし求愛者《アマトール・エクスクルソス》」が、愛する人と扉によって隔てられている。カトゥルスやホラティウス、オウィディウス、そしてティブルスらの著作には、恋人が扉を力のかぎり叩き、額を預けて涙し、扉それ自体に懇願し、説得を試み、粉々にしてやると脅す詩がいくつか見られる。

しかしながら、観察者とドーソンについてもそうであるように、「戸口の嘆き」における求愛者と愛する人の間にある障壁とは、厳密に言えば物理的なものではない。恋人たちを隔ている扉の性質は単に物理的な存在を超え、より複雑である。扉を操作しているのは個人であるが、その個人自身は観念によって操作されている。求愛者と欲望の対象との間の物理的な距離は近く、要は扉の厚さにすぎないのであるが、観念は彼と愛する人との間に巨大な深淵を生じさせてしまう。したがって、扉そのものに不満を集中させることにより、求愛者が認識せざるを得ないのは、みずからの愛情が生み出した渇望がゆえに、彼と欲望の対象との距離はもはや物理的な尺度によっては測られないという事態である。

したがって、観察者はいかなる物理的な障壁によってもドーソンから隔てられてはおらず、事実どのような恋人も羨むほど愛の対象と近くにいるのであるが、「締め出されし求愛者《アマトール・エクスクルソス》」のように、観察者は抽象概念であると分かっているものによってその愛を成就できない。完璧にまことしやかな愛が、愚にもつかず惨めな「観念」とやらの目に見えない基盤によって妨げられているという確信により、ドーソンの魅力に囚われた者には恐るべき欲求不満が生じてしまう。観察者の近くにありながらなお遠いというドーソンとの関係においてその確信が育まれ、それにより、「締め出されし求愛者《アマトール・エクスクルソス》」のように、物理的な空間に関する観念が狂ってしまうのである。

非物理的な排除という感覚に続く狂乱状態を理解するためには、詩人オウィディウスをさらに読むことが大きな助けとなる。なぜならば、「戸口の嘆き」における扉の物理的存在は、扉が表象するものと比べれば些細なものではあるが、それでも詩人と愛する人との間に物理的な障壁があることは認めざるを得ないからである。どのような抽象観念作用が「戸口の嘆き」における扉を閉じたままにしていようとも、少なくともある意味において扉が物理的な障害である以上、求愛者がついにその扉を打ち破り、愛する人に恐れと興奮を引き起こし、慌てているために彼女のチュニックを引き裂き、その髪ともつれ合い、幼い少年のようにめそめそ泣きつつ、そっと彼女の唇を噛むさまを想像することは可能である。かくして、「締め出されし求愛者《アマトール・エクスクルソス》」とドーソン観察者との相似もそこまでか、となる。

それで終わり、というわけではなく、オウィディウスはその『変身譚』において信じがたき離れ業を披露している。彼は「戸口の嘆き」に則った詩を一つ書いているが、何と扉を取り去っているのである。並外れて端正な顔立ちの若者を思い浮かべてみるとよい——狩りの一日に疲れた彼は、夏の太陽を逃れて小さな木立にやってくる。そこには青々とした草の絨毯に囲まれた小さな池がある。喉が渇いていた彼は水を飲もうと体をかがめる。そして、あっさりと、ナルキッソスは釘付けになってしまう。彼が愛する人の唇は口づけを求めてくるのだが、彼が身を乗り出してみると、そこには何もない。愛する人を抱きしめんとしても、彼の腕は目指す人の姿を波打つ水の混沌のなかに消してしまうばかり。「これほど残酷な愛があるだろうか?」と、不満を募らせたナルキッソスは声を上げる。愛する人と彼を分つものとは広大な海や長い道のり、門が閉ざされた城壁や山々ではないために、彼の苦しみはますます強くなる。彼は嘆く。「僕たちはほんのわずかな水によって離れ離れにされている……。ごく薄い障壁が、僕たちの愛の抱擁を妨げている」

この物語において、観察者とドーソンを隔てているものの本質が見え始める。同じく薄く、水のような膜が、事実と幻想を分けている。現実と想像の間の、その境界が、かような距離の逆説を生み出してしまうのである。観察者はドーソンのすぐ近くにいる。ナルキッソスは生きているというまさにその事実により、それ以上はないほどナルキッソスの近くにいるのだが、現実と非現実の間のか弱い仕切りのために、求愛者と愛される者の間には孤独という大海が開けてしまう。

ご覧の通り、コンウェイは並々ならぬ情熱をもってこの主題を論じている。彼の議論はしばしば熱狂的で恣意的ではあるが、極小の生物に恋をしてしまった者が決まって陥る、苦悩し、動揺した心の内を見事なまでにつまびらかにしてみせている。コンウェイ自身にドーソンを観察した体験があるのかどうかは不明であるが、彼の洞察の繊細さからして、どうやら観察していたようである。本を世に出して間もなく、彼は人間を微小化するという可能性について全米を講演して回り、ダルース近郊の駐車場でおのれを銃で撃って死亡した。

当然ながら、このことは、ドーソンを長らく観察しつつも完璧に幸福な人生を送るのは不可能だと示しているわけではない。幾度となく、若き科学者は顕微鏡越しにドーソンを眺め、幾度となく、冷静な知性が勝利を収めてきた。しかしながら、その警告は今なお有効である。ドーソンについての知識を追い求めつつも満足のいく人生を送ることは不可能ではないとはいえ、相当に困難である。本書の著者たる我々でさえ、ドーソンの研究については大雑把な態度で臨み、もっぱら静止画像や文字による報告書に頼り、名高い研究者人生のなかでもドーソンの実物は五、六回ちらりと見ただけであるが、その我々ですら、ふと気付けば、この驚くべき生物についての夢想にはまり込み、心配になった配偶者が肩に手を置いてくれてはっと現実に引き戻される。我々ですら、夜のベッドから見上げた暗がりを優雅に動くドーソンのおぼろげな姿に取り憑かれることがある。したがって、我々としては、諸君が望むようにドーソンを仔細に観察することを後押ししたいとは思っているが、もし諸君が幸福に重きを置くのであれば、次の点は守り抜くよう勧めたい。一目見て、それから、できることなら、目を背けよ。

エルドリット　*Eldrit*

観察されると、エルドリットは変化する。ひとたびその傾向や特徴が記録されるや、新たな特徴、新たな傾向を身につけるのである。ある研究者は、エルドリットが長く透明な鞭毛によって前に進む様子を観察している。その研究者はこう書きつける。

鞭毛、透明
運動の手段

だが、彼がエルドリットに目を戻すと、それが腹部をわずかに蠕動させて進んでいることに気付く。今や鮮やかなオレンジ色の鞭毛は、不用物を排出するために使われている。研究者がそれを書き留めると、今度は当のエルドリットは唐突に静止している。鞭毛は完全に消え失せてしまった。

どのようにしてエルドリットがこのような劇的な変化を成し遂げるのかについて、科学界が途方に暮れているとは、諸君には驚きだろう。だが、忘れてはならないのは、葉脈の上を一匹の蟻が歩く際に働いている力学は、過去三世紀にわたる技術進歩のすべてを中学二年生の木工クラスの製品、ぐらぐらのテーブル、綴り違いの看板、着色にむらのある危なっかしい揺り木馬のように見せてしまうということである。人類の偉業や理解など、自然界の複雑さを前にすれば霞んでしまう。

では、科学者はエルドリットがみずからを変化させる能力にどのように取り組んでいるのか？我々はその問題を避け、丁重に頷きつつやり過ごす。科学者たるもの、考察不可能な問題は無視するにかぎるし、もし歴史がうまく回ってくれるのなら、別の問題に答えようと試みた誰かが偶然解明することがままある。

むしろ、エルドリットに関する研究のほとんどは、どのようにエルドリットが自身を変化させるのかではなく、なぜ変化させるのかを扱っている。なぜなら、すべての生体組織にとっての最優先事項とは自己保存であるという主張を受け入れるならば、そこから必然的に導き出される結論は次のようなものである——エルドリットの存在自体が、特定されること、みずからの肉体および行動を定義されることはどこか禍々しいという主張の証拠となっている。

実際、それはほとんど直観的に正しいと思える。ある生物の特徴がひとたび確定されてしまえば、その生物はそうした特徴の結果としての役割を与えられる。それ自身であることにより、ある生物は小腸に取り付いて寄生するものになり、その器官に依存して想像しうる限り最も不潔な生を送るか、みずからの小腸がかくして寄生される生物となる。確かに、どちらの立場も羨望をかき立てるとは言いがたい。だが、どの生物も自身であることを認める以上、どちらの立場も避けることはできない。

　生物がみずからの境遇を向上させるべく行う進化的適応は、せいぜいが中途半端な解決策であり、最悪の場合はさらなる苦難を呼び込んでしまう。レイヨウが捕食者から逃れる助けとなる臀部の筋肉は、優秀な蛋白源でもある。熊の堂々たる体軀は、同じく堂々と飢え死にする可能性を示してもいる。

　だが、他の生物がおのれの各種の役割に影響を及ぼす環境からの重圧への対応としてみずからを変化させるのに対し、エルドリットの方は、そもそも果たすべき役割があるという概念を避けるべく変化するように思われる。さらに言えば、エルドリットはこうした変化を遂げるにあたってプネットの方形に頼りはしない。即座に変化するのである。したがって、数十万年をかけて遺伝子を変化させてきたある生物が、長く伸びる鼻は祖先が考えていたほど有用ではないのかもしれないと気付き始めたその瞬間、エルドリットは一分あたり二十本もの鼻を生やし、ひたすら長く伸ばしていく。そして同じく素早く、鼻を切り落として干涸びさせるのである。

　ただし、エルドリットが完全に優位であると考えてしまう前に、次の点には触れておくべきだろう。変化せねばならないという性分がゆえに、エルドリットは生物であることの最も心地良い一面を享受できない。それはすなわち、一つの生物で「ある」ことである。

　生きとし生けるものにはすべて、「それ」として認識されうることに確かな喜びがある。我々のように、身体が絶え間ない不安と違和感の源であるような者でさえ、一日の終わりに鏡でみずからの顔を眺めると心が安らぐ。若き科学者である諸君の見た目は、間違いなく冴えないものだろう。それでも、自分に形があると知ることは、その形がどれほど不運なものであってもどこか心強いものだ。それは完全に諸君のものであり、下着姿がどれほど情けなかろうと、水着姿がどれほど惨めに思えようと、自分に正直であるならば、諸君はみずからの形を楽しみ、そこに慰めを見出している。考えてもみよ。意気消沈しているとき、人は両手で頭を抱える。みずからに確固たる形があり、自分だけのものを持っているという事実に慰めを見出すためでなければ、そのような行為をする理由があるだろうか？

すべての生物には、他にはない固有の特性があり、それが確固たる自己を表しているという概念は、進化の次元においても存在する。恐竜から鳥へ、という変容を考えてみればよい。体を小型化したり翼を生やしたりするのには恐竜もやぶさかではないだろうが、産卵をやめるとなるとどうだろうか？　骨格や心臓を異なる形にしていくとなると？　爬虫類が誇る美しく虚ろな目を捨てるとなると？　獰猛に揺れる首は？　ありえない話である。それがゆえに、研究者たちは現在、向けられた観察に対するエルドリットの反応のなかに、変化を拒む、まさにその微生物の真髄たるものがあるのかどうかを決定しようと試みている。

一般的な手法は、エルドリットの拡大画像を大型モニターに実況で映し出し、部屋いっぱいの観察者たちが揃ってその映像を食い入るように見つめつつ、可能な限り多くの観察記録をつけるというものである。この実践がエルドリットにもたらす、熱狂的で長く続く変化のさざ波は録画され、後に、エルドリットにおける何らかの不変性を見出そうとする研究者たちが繰り返し見ることになる。一つの個体に関し、十分な数の観察が十分に長い時間にわたって行われれば、エルドリットはついには圧倒されて屈し始め、秘められた不変性を不意にあらわにするのではないか、と期待されている。

そのような大発見はまだなされていない。

エルドリットの観察記録が増えるにつれ、エルドリットの曖昧さも増していく。観察室のモニターに映るエルドリットは、次々に名状しがたい形になり、二つに分かれたかと思えばまた合体し、鮮やかなピンク色になる。わずかに震えたかと思えば破裂する。そしてまた集合する。破裂する。集合する。破裂する。

それに比べれば、いかにもおとなしい生物ですら剛毅に見えるようになることは認めねばならない。ガゼルを考えてみよう。ガゼルで「ある」ことによりガゼルでいることを引き受けるその動物の寡黙な姿には、間違いなく勇気がある。そして、その長く優美な首を目にする者はただちに、それをいつの日か真っ二つにへし折るであろう強力な顎を想起せずにはいられないが、ガゼルはおのれの持ち場から逃れはしない。ガゼルはおのれの本分に対する責任を取ってみせるが、一方のエルドリットは無条件に変化するのみであり、荒々しく誰の手も及ばない自由に盲従している。

ケッセル *Kessel*

ケッセルの平均寿命は一億分の四秒である。その数字を別の視点から考えてみよう。もし諸君が三十口径のライフルを十五メートル離れたところにある標的に向かって発砲するならば、銃弾が標的に当たるまでに、四六万二九六三世代のケッセルが生を終えている。もし鼻から十五センチメートル離れたところにハンカチを持ち、そこにくしゃみをするならば、粘液がハンカチに達するまでには八五二万二七二七世代のケッセルが死んでいることになる。だが、ケッセルの生の極端な短さは数字ではほとんど伝わらない。むしろ、新生児が母親の胎内から稲妻のごとく飛び出し、医師の腕に抱かれるときには成人の骸骨となり、すでに崩れて塵になりかかっているさまを想像するとよい。

当然ながら、ケッセルの観察はかなり困難である。その生と死は密接に連続しているため、二つの過程を区別することは不可能である。実際、生物にとっての三つの主要な行為である誕生、生殖、そして死は、時間的にひどく凝縮されているため、ケッセルはその三つを一度に行っているように見える。

高速撮影において近年の技術進歩の助けを借りている熟練の観察者ですら、死につつあるケッセルと生まれたばかりの個体、あるいは性的に成熟したケッセルとまだ未発達の個体の特徴を区別することは不可能だと思い知るだろう。なぜならば、ケッセルは同時にそのすべてを兼ね備えているからである。ケッセルにおいては、生のどの段階も、同時にもう一つの段階を形作っている。

奇妙ではあるが、この同時性という特徴は人間の経験からまったくかけ離れていると考えるべきではない。死を生への、あるいは生を死への渋々ながらの同意として考えたことのない者がいるだろうか？　セックスと死のつながりをそれと認めたことのない者がいるだろうか？　抱擁する若き恋人たちはしばしば、互いの心臓の鼓動のなかにおのれの終末をすでに予感している。死の床についている、苦しみにある男も女もしばしば、ゆっくりと服を脱がされているように感じるという。その感覚は解放を予期しているかのようであり、死が迫りつつある当初は、恐ろしく苦痛に満ちていると同時に、秘かに気分を高揚させもする。

何世紀にもわたり、人類は誕生から性的成熟、そして死への移行を、避けられない歩みであるとみなしてきた。それらが互いにはっきりと区別され、一つの大きな物語を成しているという考え方は社会的構築物であり、多くの人は反論の余地のない事実としてその考えを内面化している。したがって、ケッセルの存在が多くの人を不快にしてしまうのも無理はない。生まれたばかりの自分の子供が死の一面にすぎないと言われて喜ぶ親がいるだろうか？　さらに言えば、自分の子供が、それを生み出した心優しき交わりを超えた性的な意味を持つのだと言われれば？

ケッセルが我々自身の生について教えてくれるのは、信じがたいほど気が滅入ることである。その細胞は形成されると同時に崩壊するため、うまく録画され、限りなく速度を落として再生されたならば、細胞は四次元的な運動を生み出し、形を変えることなく絶えず自身の内にくるみこまれていく。かくも短くなければ、その動きは催眠術のようだろう。速度を落としての映像においてすら、細胞は一瞬のうちに消え去る。端的に言えば、その光景は陰鬱である。それに比べれば、人生は短すぎると何かにつけて言い合う我々など、およそ最低な部類の暴食家に見えてしまう。

一方で、ケッセルの生の小ささと短さは、宇宙規模で考えれば我々の生がいかにちっぽけで短いものであるかを気付かせてくれる。星々は死ぬ。銀河同士は衝突する。そして、宇宙における人間的なるものすべて、すなわち、我々の野心や歴史、恐怖、達成、そして失敗の総体は、大海の一滴にすぎない。

ケッセルの存在から考えるならば、人間の本性は二つの相反する批判にさらされるだろう。まず第一に、死産児に与えられた生すら、ケッセルの生と比べれば退廃的なほど長く、退屈のあまり時がもっと早く過ぎないかと願うほどであるにもかかわらず、我々はみずからの平均寿命を不十分だと考えてしまう、という批判である。第二の批判とは、我々はみずからの平均寿命が十分であり、その間における行動が意義あるものと考えてしまう、というものである。我々は与えられた七十年だか八十年の間に重要なことが成し遂げられうると考えて自身を褒めそやすのだが、考えてみれば、地球が誕生してこのかた数十億年が経っているのであり、支配的な種は帽子を替えるようにして交替してきた。ケッセルの生を人間世界で経過する時間の尺度から判断し、人間の生を宇宙で経過する時間の尺度から判断するならば、ケッセルに対する我々の哀れみは無邪気なものでしかないと分かる。ケッセルがその環境から消え去るより、我々がおのれの環境から消え去る方が早いのである。

これはとりわけ当惑する事態である。互いに矛盾しているにもかかわらず、どちらの議論も妥当に思えるのだから。かくして、これらの批判の内容からしてすでに気味の悪いものではあるが、それに加えて生じるのは、人間とは、自身の欠点という単純な事柄においてすら不条理と矛盾に満ちているという、心に痛い認識である。

我々自身の存在と関連づけたときのケッセルをめぐる問題は、突き詰めれば紛れもない陰鬱さに満ちているため、ケッセルは礼節ある会話にはふさわしくない話題だと多くの人は考えている。ケッセルについての情報は、パーティーで気分を害した若者たちが、自分よりも楽しんでいる人に向かい、世界とはつまるところ残酷な冗談にすぎないと口にして気を引こうとするような心ない類いのものである。ケッセルを専門とする研究者のほとんどは、傲慢で他を蔑む雰囲気を身に纏うことになる。彼らは概して身なりに構わず、世捨て人のような外見である。顔は不信によって歪んでしまい、何かあれば心沈む一言を口にしようとする。

ケッセルが束の間痙攣し、そして消えていくという悲しき映像を繰り返し眺める科学者が、最後には絶望に屈してしまうのも当然の成り行きだろう。さらに言えば、先に挙げた人間の本性への批判を毎日のように目の当たりにしている者が、人間性を軽蔑するようになるのも当然である。ケッセルの研究者たちは、その研究に基づき、我々が後生大事にするものはすべて虚しく、何にもなりはしないという結論を導き出そうとする。しかしながら、ケッセルや人間の本性についてのこうした観点が不完全なものであるという事実は残る。

例えば、ケッセルは一生を通じて互いに連れ添う。一見すれば、それはさしたることには思われないかもしれない。ケッセルにとっての生涯とは、わずか一億分の四秒にすぎないのだから。だが、生まれる前から性的に成熟しているために、平均的なケッセルは、寿命における割合で言えば地上に存在するどの生物よりも長く相手と過ごす。この関係は厳密に一夫一婦制であり、我々の思うロマンティックな愛と極めて似通っている。

確かに、ケッセルが一個体としかつがうことがないのは、単に別の相手を探す時間がないためだと主張する研究者もいる。ぼさぼさの髪を振り乱した、先に述べたケッセル研究者のなかでも傑出したリチャード・コック博士は、この理論の強力な提唱者である。最近の研究において、コックはケッセルの交尾行動を調査し、とりわけケッセルの速度と慌ただしさに注目することで、その好色ぶりを証明しようとした。

だが、コック自身の研究には、それとは正反対の証拠が存在する。指標や補足的な数値に埋もれてはいるが、自分よりもいくぶん年上のケッセルを選び、相手よりも長生きし、その短き余生を喪のうちに過ごすケッセルの例が見られる。実のところ、これはよく見られる現象である。一億分の一秒生きたケッセルは、一億分の二秒生きたケッセルを相手として選ぶかもしれない。後者が死ぬと、前者は代わりの相手を探そうとはせず、残りの生涯を孤独に過ごす。他にも、理想の相手を求めるがゆえに、何と一億分の三秒もの期間をまったくの独身のまま待つケッセルの例もある。

こうした、みずから選んだ孤立の例は驚くべきものであるし、ケッセルが同種の仲間をしゃにむに求める傾向を考慮に入れるならばなおさらである。一つの個体を、より大きな集団と十分の一ミリ引き離してみるという実験がなされている。こうした実験において、孤立したケッセルはその生涯をかけて仲間たちの元に戻ろうとするが、かくも小さく短命なだけでなく、さして動きも速くない生物にとっての十分の一ミリとは、二つの星の間の距離にも等しい。どこか原始的な感覚により、それが越えられるはずもない隔たりであることを、そのケッセルは理解しているはずである。それでも、ケッセルは執拗に挑む。

そう、そうなのだ。宇宙は巨大であり、一方の我々はちっぽけで、あっという間に死ぬ。だが、コックらが諸君に信じ込ませたがっているほど、それは絶望的なことではない。存在のあるがままを受け入れようという者には、まだ幸福を手にする機会がある。ケッセルのような生物ですら、愛情という単純なものが物事を変える力を理解しているように思われる。仲間に対してケッセルが見せる執着は、みずからが遥かに大きな世界に囲まれているという事実をあえて無視しているようである。ついに相手を見つけたケッセルは、他の何をも気にかけることなく、この上なく純粋な親密さのうちに生を終え、その瞬間はあっという間に過ぎ去る。

ミーライト　*Melite*

小さな胞子のようなミーライトは、対になって誕生する。当初、そのミーライト同士は細い巻きひげのような組織によってつながっている。いざ生まれた彼らは、最初に吹いた微風によって空に舞い上がり、弱い巻きひげは張りつめ、そして切れる。離ればなれになった二体は、分かれた風に運ばれていく。仲間と切り離されるやいなや、ミーライトは身をよじって痙攣を始め、ともに生まれた相手の元にどうにかして戻ろうとする。こうした痙攣によって体は風に向かって帆を張ったようになってしまい、ミーライトは劇的な長い弧を描き、仲間からさらに遠くへ移動してしまう。ミーライトはこうして生涯を過ごす。理想的な状態に戻ろうと試みつつ、空中で半狂乱の身悶えを見せ、そうすることで、さらに遠くへとみずからを運んでいく。

バートレット　*Bartlett*

世界についての我々の理解に影響を与えた多くの発見と同様に、バートレットに関する我々の知識はもっぱら推測に基づいている。バートレットは肉眼では見えず、かつ、現在のところ我々の手元にあるいかなる倍率の拡大鏡によっても視認されていない。バートレットは環境に何ら痕跡を残さない。周囲の生物たちには益も害ももたらさず、周囲からはまったく反応がなされない。一八九〇年にリチャード・バートレットによって初めて記録されたこの生物は、ある実験の最中に、すでに準備された標本のシャーレを彼の助手がうっかり新しい皿に取り替えてしまったときに発見された。リチャード・バートレットはその発見の信じがたい性質をただちに認識した。その生物は栄養源を必要とせず、不用物を排出することもない。無限の種が果てしなく絡み合う野生の網の目を持つ生物界において、バートレットはどういうわけか独立しているようであり、完全にそれのみで存在している。我々が知る特徴を持たないが、つまるところそれは、特徴などないということである。多くの人々は、バートレットが極めて希少な生物であると考えているが、地上で最も多い生物かもしれないと考える者もいる。バートレットは正しくは生物とは考えられないと主張する学界の派閥と他の派閥の間では論争が行われている。バートレットの存在は実証不可能だ、というのがその論点である。当然ながら、これは真実とは程遠い。もしバートレットが存在すると実証したければ、すべきことはただ一つ、地上の生物が見せる特徴のどれかがあるかどうかを調べてみればよい。もし何も見つからなければ、そこにはお望み通りバートレットがいるのである。

確かに、諸君のなかには疑問に思う者もいるかもしれない。バートレットが生物であると認めるとして、それを研究することに何の価値があるのか？　観察が不可能であり、周囲と何ら因果関係を持たないのであれば、そこから何が学べるというのか？　鋭い問いであることは認めよう。

しかしながら、そもそも諸君はなぜ科学者にならんとしているのか、みずからに問うてみてもよいだろう。なぜ本書を手にしているのか、なぜ世界の本質に興味があるふりを装い、そうすることで、みなの時間を浪費しているのか。なぜならば、ある生物が何もせず、何も生み出さず破壊せず、何も必要とはしていないとしても、真の科学者にとって重要なのは、その生物の存在だからである。科学の徒であるために心しておかねばならないのは、世界の因果関係、様々な機能のすべてを完璧に理解したとしても、何もせず、何の刺激にも結果にもならないような生物が存在することを考慮に入れておかないかぎり、世界を完全に把握することはできない、という点である。したがって、そのような生物の研究を不愉快だと思うのであれば、諸君は本書を閉じるべきなのかもしれない。そうするときには綴じ目に気をつけてもらいたい。本書が長持ちし、より真摯に探究の道を進まんとする者にとって有益になるように。

この忠告を発したからには、引き続き読んでいる諸君に言っておくべきだろう。バートレットについての知識は、諸君のような若き科学者にはおよそ役に立ちはしない。この生物の原理を理解することは、学生としての諸君にはさしたる利益にはならないし、それに関するさらなる情報も与えられはしない。真の科学者としての理想的な好奇心は先に述べた通りであるが、実のところ、君たちのなかで十分長く、あるいはしかるべき熱意と決意、あるいは聡明さをもってこの分野を探究することで、観察に対する哲学的な姿勢が他人に影響を与えられる者がいるかとなると、それはかなり疑わしい。とはいえ、諸君のバートレット探究が、強力かつ多くを語る個人的な態度表明としては有効であることは心してもらいたい。科学者としてではなく、一個人として。覚えておいてほしい。諸君の思考は他人にとって何ら重要なものにはなりえないが、個人としての能力とは、そうした思考を育む世界の性質を変える能力を諸君の知性が保持しているということである。それに、無とは単に無である世界と、無とはすなわちバートレットである世界との違いは心に刻んでおかねばならない。わずかな違いに思えるかもしれないが、それよりも些細な差異のために文明はいくつも滅びてきた。実のところ、それこそが大事なのである。文明の滅亡とはどのようにして起きるのだろうか？　無に帰すのか？　それとも、それらの人々や建築物、偉大な作品のすべては、バートレットという雲のなかに散っていくのか？　さらに言えば、諸君の愛する人々は死ぬとどうなるのか？　消え去るのか？　それとも、彼らの死は、我々の周囲の至るところを渦巻き、秘密がすべてしっかりと守られ、何ら特性を持たないがゆえに黙したままの小さな生物への変容と拡散なのか？　諸君が生きる世界は、最終的には無という暗き海に帰着するのか？　それとも、幸福にもこの生物と混じり合うのか——近付くことはできずとも、認める気になりさえすればなお存在する、偉大で複雑な意味に満ちた生物と？

バストロム　*Bastrom*

バストロムが発見されてからほどなくして、その商業的価値は明らかとなった。ここで我々が述べているのは、バストロムの存在が発見されたことではなく、料理におけるその潜在力であり、それはアレクサンダー・ベルトリーというアマチュア生物学者によって実証された。彼は科学史において奇妙な位置を占めている。どのようにして、そしてなぜ、一九六六年八月十七日という宿命の日にシャーレの標本がみずからの口に入ることになったのか、彼は一度たりとも説明できなかったのである。スプーン一杯分の興奮したバストロムを生きたまま食したベルトリーの動機が何であったにせよ、彼の行動が世界に確たる足跡を残したことは間違いない。

端的に言えば、バストロムは美味しいのである。

今日、我々のキッチンテーブルには、塩振り器と胡椒振り器に並ぶ第三の振り器がある。子供の頃の諸君は間違いなく、穴二つは胡椒、三つは塩、四つはバストロム、と教わっているはずである。振り器の先端における穴の数の区別は、塩と胡椒を見分けるための有益な策であったが、バストロムについてはほとんど不必要である。どれにバストロムが入っているのか見分けるためには、絶え間なくテーブルで震えて跳ねている振り器、倒れないようにかなり大きめの台に入れられている振り器、銀行のカウンターにあるボールペンのように玉状の短いチェーンによってテーブルにつながれている振り器を探せばよい。

バストロムは小さい生物ではあるが、そうした密閉空間に入れられていると、恐怖の反応として共同で痙攣を起こすことになる。この生物の特性として、恐れ、あるいは苦痛を感じていればいるほど、味は良くなる。そのために、バストロム振り器が激しく動き回り、皿を欠けさせたりやかましい音を立てたとしても、その振る舞いは許容されるだけでなく、むしろ奨励される。

恐怖を感じたバストロムは、ダイエブルカイドという化合物を放出する。弱酸性のその物質は、一九六六年以前はバストロムの主な捕食者だったクレムペイトの目に炎症を起こさせるためのものだった。その化合物は人間の舌にはよく合うため、そもそもは天敵から身を守るための適応が、今度は別の天敵を招いてしまった。

Seth Fried

バストロムは生きたままでしか食べられない。論理的に考えて、死んだ生物を恐がらせることはできないからである。知識のある者は小さい賽の目に切ったジャガイモをバストロム振り器に入れておき、何も与えない状態よりも遥かに長く生きられるようにしておく。真の美食家であれば、振り器のそばに小さなマッチ箱を置いておく者もいるだろう。ある料理の上に振ったバストロムの上に、火のついたマッチをかざし、その火が生じさせる苦痛と、結果としての不安から、バストロムが放出するダイエブルカイドの量を増やそうというわけである。

振り器という密閉空間に詰め込まれている不快さだけでも、バストロムを風味豊かにするには十分であるが、多くの人々は、故意にバストロムの不安を増大させる仕掛けによって、なるだけ滋味を引き出そうとする。火を用いるだけでなく、食事の最中に一対のシンバルを使うことを好む者もいる。しばしば食事の手を止め、皿の上で大きな衝撃音を立てるのである。あるいは、単に皿に顔を近付け、わざと残忍な口調で話しかけることを好む者もいる。

だが、時を経るに連れて分かってきたのは、ダイエブルカイドの酸性は必然的に人の味蕾を摩耗させてしまうということである。したがって、バストロムの恐怖の味を楽しもうと手を尽くす者とは、同時に、真っ先にその味が分からなくなってしまう者でもある。そうした人々は、自身にも耐えがたいほどの力を込めて皿の上でシンバルを叩かざるをえなくなる。火のついたマッチを料理の上に軽くかざすのではなく、料理に炎を突っ込み、ついには料理が焦げてしまい、舌に残るダイエブルカイドの何がしかの名残りも灰の味によってかき消されてしまう。料理に残酷に話しかけるのではなく、金切り声を張り上げるようになる。拳をテーブルに叩き付ける。バストロムに対する純然たる憎悪を見せるようになる。独りきりになると、彼らはかくも鈍ってしまった器官に何らかの感覚を取り戻してくれるような、新しい暴力的行為を考え出そうと知恵を絞るようになる。

観察の原理　*Principles of Observation*

遥か彼方の惑星が実在する場所であり、諸君が踏みしめている大地と同じく現実のものであるとは考えにくいのと同様に、微小生物の多くを実在の生物だと考えることはしばしば困難である。望遠鏡を通して見る惑星と同様、顕微鏡越しに見える微小生物は、物というよりは物のイメージであると見なされがちである。どちらの器具も、物体を近くに見せたり大きくしたりといった、ひどく初歩的なやり方で現実を操作するにすぎないが、それでも我々は、自分が見ているのは虚偽なのだと思い込んでしまう。そうした器具によって見えるものに対して我々の頭脳が抱く反射的な不信感は、夏の超大作映画に登場するCGのモンスターや、気象学者の後ろにあるテキサス州の地図、雑誌でケネディ大統領がペプシを飲んでいるデジタル加工画像に対して感じるように刷り込まれた不信感と同じものである。

現代において、イメージに関する健全な猜疑心を持っておくことはますます必要となっている。そうでなければ、あらゆる石鹼のCMに我々は胸を引き裂かれることになる。白いビーチに横たわり、何らかの製品による至福の思いを味わっている美しい女性を登場させる広告はすべて、その製品に対する欲望をかき立てるのみならず、我々の人生とはまったくもって味気がなく、どうにかせねばならないという思いを抱かせ、我々の心を蝕んでしまうだろう。かくして、我々は精神の均衡を保つために猜疑心に頼る。ビーチにいるその女に対しては、呆れた目を向ける。あまりに広まったために偽物と本物の区別がつかなくなったような日常の胡散臭いイメージは、どうにかして遠ざけておこうとする。

同様に、ある微小生物の特徴を学生が初めて顕微鏡で観察するときには、またCMを見せられているか、偏って首尾一貫しないニュース報道を分析しているときのような、突き放したような空気が生じるものである。研究対象との確たるつながりを感じる者たち（「ドーソン」の項目を参照のこと）ですら、実際にそれ以外に道はないとはいえ、動く映像にすぎない相手に人生を捧げることへの限界や不満を認めるにやぶさかではあるまい。

しかしながら、この手の猜疑心によって諸君の研究が汚されてしまう前に、諸君の目はどの顕微鏡よりも大きく現実を操作するものだということを心してもらいたい。顕微鏡の対物レンズや接眼レンズよりも遥かに大きな歪みが、風呂で自分の足を見つめる諸君の頭のなかでは生じている。これは決して誇張ではない。浴槽に浸かっている足についての網膜からの情報を、諸君の頭は複雑な推論システムによって解釈する。目から足はどれくらいの距離にあるのか、あるいは浴室の光源はどこにあるのか、石鹼混じりの湯を光はどう通過するものであるかと、蓄積された知識が動員される。つまるところ、諸君の脳は網膜からの情報をもたらしうるあらゆる経路と、その情報の文脈を様々に照らし合わせるため、諸君が自身の足のイメージとして経験するものは、そのときの足自体というよりは、諸君の脳が理にかなうイメージを提供しようとする努力の産物である。

したがって、生きている時代がゆえに、操作されたイメージに関して諸君が懐疑主義に陥ってしまっているならば、その猜疑心は視覚的な世界全体にも当てはまるものであり、ＣＧの恐竜と、目の前に差し出した諸君の手との間には本質的な差はないことを認めねばならない。

それを受け入れたならば、諸君には選択肢が二つある。①すべてを拒絶し、世界とは根拠のない虚構にすぎないと見なすか、②自身の感覚によって与えられた情報がいかに不完全で解釈的なものであってもそれを受け止め、そこから規則や原理を抽出しようとするか。科学とは信念の問題であると受け入れ、その一員になるためには、諸君はまず、偽りのイメージによって馬鹿を見るかもしれないという恐れを退けねばならない。

ハリファイト *Halifite*

ハリファイトの発見以前は、感情とはある状態への反応であるということで科学界の見解は一致していた。時間という概念が、空間を動いていく物体を把握するために用いられるのと同様に、感情の目的とは、ある状態から別の状態に移行していく個体がみずからを把握するためのものだと信じられていた。時間や分、そして秒といった、広く認められているという理由のみにより意味を持つ人工的な単位によって人間の物理的な存在を思考することが容易になるのと同じく、我々の前ハリファイト的な感情の理解においては、幸福や悲しみといった性質もまた、便宜上の人工的尺度なのだとされていた。

感情とは進行する我々の浮き沈みへの機械的な反応であるという観点は、日常的に感情を経験する我々からはいかにも素朴に思える。諸君のような現代の読者には、前ハリファイト的な考え方が真剣に受け入れられていたこと自体が理解しづらいだろう。しかし、先達の無知をあざ笑う前に、ハリファイトによってもたらされた洞察がなければ、その前ハリファイト的な考えは今でも疑う余地のない事実であろうことを心しておかねばならない。

ハリファイトはもっぱら大型哺乳類の死体の表面に見られる。死んだ皮膚細胞の上で生きているため、概して見落とされやすい。体は楕円形であり、淡い青色の外皮を持つ。非常に小さなダニの一種とよく似ており、しばしば混同される。しかしながら、その小ささに加え、ハリファイトは感情を見せるという不気味な能力によってダニとは一線を画している。

さして長く観察せずとも、ハリファイトはまったく特異であり、初見者にとっては愛嬌があると思えるような行動を見せる。あるハリファイトは睫毛の上に直立し、楽しげにある種のタップダンスをひとしきり披露する。また別の個体は膝をつき、胸を叩きつつ、芝居がかった調子でみずからの触角を引っ張る。こうした疑いの余地なき感情の発露は、一般の観察者にはしばしば愉快なものである——女装させられた農場の動物たちや、パイプを吹かす犬がよく笑いの種になるように。ハリファイト的な感情表現には、土曜日の朝刊の漫画や絵本を支配している原理と同じく、強引な擬人化の要素が存在する。そのために、こぎれいな見かけのエリマキトカゲや、あからさまに愛らしいパンダの子供と並び、ハリファイトの写真は小学校での理科の教科書表紙における定番となり、科学とは楽しいものなのだと懸命に訴えている。

だが、生徒たちに対してハリファイトの行動をこのように提示してしまっては、その重要性を著しく損なってしまう。かつ、その繊細な生物の内的経験に対する敬意もまったく欠いている。そうした教科書には登場しないハリファイトには、おのれの感情的経験に圧倒されたがゆえに宿主の耳朶から首を吊ったり、乾いた皮膚の上に激しく打ち付けた頭がぱっくりと割れてしまった個体もいる。

ハリファイトを研究するにあたっては、その生物の喜びと諸君の喜び、その悲しみと諸君の悲しみの間には何ら違いはないのだ、と心しておかねばならない。もし差異があると思えたならば、それは何であるか？　ハリファイトが小さいということだろうか？　言語を持たない、あるいは高度な知性がないということか？　偉そうにするのはやめたまえ。感情は感情である。加えて覚えておくべきは、ハリファイトの内的経験のおかげで、我々は自身の心の内をよりよく理解し始めているということである。

この点において、ハリファイトは一見、感情とはある状態に対する直接的な反応であるという説を裏付けているように思える。すなわち、ハリファイトはその感情を用い、常識から外れないようなやり方で外界からの刺激を処理しているように見える。快い刺激は幸福に対応し、不快な刺激は悲しみに対応する。

一例を挙げよう。成熟した雌のハリファイトが巣に戻ると、別の雌によって卵が割られてしまっていたとする。そのハリファイトは割れた卵を触角で探り、明らかな喪の兆候を見せる。

しかしながら、観察者が顕微鏡の拡大倍率を上げると、件《くだん》のハリファイトが見せる感情は唐突に変わる。卵の死に対し、そのハリファイトは控えめな安堵感を見せており、とてつもない重荷から解放されたような様子になっている。また倍率を上げて拡大してみると、同じハリファイトは罪悪感の塊になっている。さらに拡大してみれば、今度は間違いなく独善的な笑いに体を引きつらせている。またさらに倍率を上げてみると、ハリファイトは破壊された卵に向かって頭を下げ、奇妙かつうやうやしい喜びにとらわれている。いま一度倍率を上げれば、ハリファイトの顔はグロテスクな恐怖の表情のまま凍り付いている。

拡大倍率を上げていくたびに、観察者はそのつど異なった認識可能な感情をハリファイトに発見することになる。最も低い倍率において表現されている感情、今回の例では「悲しみ」は、その実、より高い倍率において表現されているすべての感情の複合体なのである。ハリファイトが示しているのは、ある観察可能な感情とは、単独で明確な現象などではなく、実際にはありとあらゆる感情の間の複雑な相互作用の、最も目に見えやすい一面にすぎないということである。

この洞察により、前ハリファイト的な思考においては狂気と見なされたであろう内的出来事の多くが、今では完全に自然なものとして理解されている。予想外のときに、未亡人は棺に向かって笑い声を上げる。ビジネスマンは利益を上げて嘆き悲しむ。暗殺者は王と相対して恍惚となる。我々の感情は、我々が置かれた状態を完全に反映してなどいない。なぜならば、我々は常にありとあらゆる感情を経験しており、その割合が変化しているにすぎないからである。かくして、悲しいときに、我々は意外にも幸福に感じる。喜びのときに、悲しみによって困惑する。いざ王の喉をかっ切ろうというときに、王への愛に心底驚かされる。

だがもし、我々の状態への直接的な反応ではないとすれば、感情は一体何の役割を果たしているのか？　前ハリファイト的な考えにおいては核心を成すと思われていたこの問いは、もちろん馬鹿げたものである。その問いが無視しているのは、宇宙とはごちゃごちゃに絡まった混乱であって無目的な脱線には事欠かず、おそらくは我々の感情的な様相も、その無数の脱線の一つにすぎないということである。ともかくも、物事をその機能のみによって判断しようとする者には用心せよ。世界とは道具ではない。

感情とはそれ自体のために存在するのかもしれず、我々の内的出来事がかくも明白に理解しづらいのは、すべての感情は、その構成要素にとっても未知なる目的を目指しているためではないかという観点から、我々は考察を始めねばならない。そして、この不確実さに諸君が心悩まされ、あるいは落ち込んでしまっているとすれば、そのときはみずからの感情を仔細に吟味し、諸君が落胆すると同時に興奮していることに気付きたまえ。

カークリン *Kirklin*

現在のところ、カークリンの全個体はドングリ一個分ほどの空間に収まっている。そのようなことは本来は不可能である。現存するカークリンは九十五兆個であり、それぞれがおよそ米一粒ほどの大きさなのだから。種全体がかくも小さな空間に圧縮されていることは信じがたき偉業であり、それを理解するとなると、科学界はお手上げの状態である。

一九八八年、イェール大学の物理学者ジョゼフィン・クレンプ博士が、カークリンの圧縮を再現しようと、圧力をかけた部屋に二十万本のアイスキャンディーの棒を入れた。結果として起きた爆発により、クレンプの下で作業していた三十八名の学生が死亡し、研究が行われていたイェール大学の歴史的建築物であるアボット館の大部分が損壊してしまった。

その爆発の現場にクレンプは居合わせておらず、その後、アイスキャンディーの棒がかつて指導した学生たちの頭蓋骨を貫通した際の力について収集したデータに基づく論文を発表し、大いに論議を呼んだ。多くの人々がその論文は悪趣味だと考えたが、その数値を推定してカークリンに応用したことにより、クレンプはその生物の圧縮にどれほどの力がありうるのかという問いを初めて提起した。クレンプの指摘によれば、彼女の研究において達成された圧縮は、カークリンの群生において存在する圧縮には遥かに及ばないものであるため、彼女の研究室での爆発は、その群生体が同じように不安定な状態に陥ったときに起きるであろう事象の小さな縮図にすぎない。つまりクレンプは、カークリンの爆発があれば、我々の惑星全体がイェール大学アボット館と似た運命を辿るのではないかという恐怖を喚起したのである。

しかしながら、その後、多くの専門家はそれに異議を唱えてきた。物理学の第一人者であるクエンティン・バトラー博士は、クレンプの爆発理論は愚にもつかないものだと言う。バトラー博士によれば、クレンプによるアイスキャンディーの棒の圧縮が、現在のカークリンの状態と何らかの形で類似しているという根拠はない。カークリン群生体の極度の濃密さを考えれば、遥かにありうるのは内破であり、巨大なブラックホールが生じて太陽系全体を食いつくし、周囲の宇宙空間までも浸食するだろう、とバトラーは主張している。

他の研究者は、バトラーの説もクレンプの説と同様に非現実的だと主張する。コンクリン研究所の前所長アルフォンソ・デルガド博士は、どちらの説も似非《えせ》科学だと切って捨てている。彼の主張によれば、カークリンの群生体における不安定さが連鎖反応を引き起こし、カークリンに触れたものすべてが同じように圧縮されてしまうという可能性の方が遥かに高い。トレヴァー実験所のマリー・カボット＝バージャー博士が唱える説では、カークリンは真空空間を腐食させてしまい、全宇宙が光の速度で消失してしまうかもしれない。

それがどう起こるのかについての見解は多岐にわたっているが、どの研究者も、カークリンがいつ世界を終焉させてもおかしくないという前提では一致しているようである。一般向けのメディアはその不安に飛びつき、二週間おきに、我々の知る世界がどうカークリンによって滅ぼされるかという新説が登場する。なかには反証することが困難な説もあるが、ここで思い出すべきは、恐れられている事態に前例がない以上、それを裏付ける本物の証拠もないということである。それらの憶説で表現されているのは単に、人間生来の破局への恐れ、すなわち空が落ち、大地が裂け、我々には制御できない宇宙の側面すべてが最後にはのしかかってくるという長年の不安にすぎない。そうした恐怖は太古からのものであり、科学はそれに新しい言葉を与え、新たな圧縮された形を与えているだけなのである。

ケイライト　*Kaylite*

ケイライトが一つ死ぬごとに、およそ四兆個の新たなケイライトが生まれる。彼らは極小であるために、その爆発的な増加は目下のところ人目にはつかない。ケイライトの塊が歩道にあって脈動していたとしても、通行人には赤茶けた小さな石があるとしか見えない。窓ガラスに密集した二百兆個のケイライトも、汚れた指の跡と間違えられる。だがその数が加速度的に増えているために、十年のうちにその窓は暗くなり、そしてひび割れるだろう。あの赤茶けた石は、我々の曾孫たちの目の前には納屋ほどの大きさに変わっている。彼らはバケツリレーを行い、着実に大きくなる醜い塊を小さくしようとホウ酸を振りかける。さらに数世紀が経つうちに、ケイライトから成る島々が海から姿を現すことになる。かつての山々は、新たに誕生した震える山々に比べればちっぽけに見えるだろう。そうした風景の奇妙な変化を目の当たりにした我々の子孫は、かつて、その際限のない増加が小石に取り違えられ、靴の踵で何気なく踏み潰すこともできた日々を振り返り、信じられないという思いを抱くことだろう。

レイサー　*Lasar*

種と種の間の流血は絶えることのない本質的な現象である。それなしには、捕食者は食べ物がないために飢え死にしてしまうし、被捕食者は増え続けるみずからの個体数に耐えかねて自滅してしまう。しかしながら、それに比べると、同一の種のなかでの暴力は稀である。起きたとしても、たいていは抑制され儀式化されている。例えば、ガラガラヘビ同士の闘いにおいては、その猛毒は使用されない。予め決まったやり方で取っ組み合い、相手を傷付けることなく地面に押さえ付けようとする。

ガラガラヘビは、疑うことを知らない子供や好奇心旺盛な犬を殺すとなれば躊躇いを見せない一方で、互いに闘うとなれば、二匹はいかにも紳士らしく決着を付けようとする。同じことは、慎重に枝角を付き合わせるヘラジカや、鼻を絡ませ合う二頭の象、あるいは競合する相手の卵の山のそばにある石に墨をぶちまけるアフリカイワダコについても言える。

同一の種の動物間での容赦ない暴力は前代未聞というわけではないが、自然淘汰の論理を通じ、常態とは程遠いものとなっている。代償の大きな体力の浪費であるという事実に加え、攻撃する側にも攻撃を受ける側にも、重傷を負うという危険は厳としてある。そのような衝突が避けられるのであれば、ほとんどの生物はそうする。

しかしながら、その注目すべき例外がレイサーである。ずんぐりとした、丸く小さな生物であるレイサーは、出会った仲間に繰り返し体をぶつけてことごとく殺そうとする。相手のレイサーもまったく同じように振る舞うため、あるレイサーがそうした勝負を生き延びられる確率は、コイントスと同じく五分五分だと考えてよい。レイサーにとっての生とは、単に一連の無目的な殺し合いでしかなく、必然的にそれによっておのれの命は終わる。

他の生物の儀礼化された闘いは、たいていが縄張りや食料、性的覇権をめぐる争いに伴うものであるが、レイサー同士の総力戦はそのいずれにも属さない。したがって、レイサーは地球上で人間を除けばただ一種、イデオロギーによっておのれを律する能力のある生物だと考えられている。それはすなわち、その行動が常識からかなり逸脱してしまったということである。

レイサーのイデオロギーの内実をはっきりと知るすべはない。イデオロギーとは概して内容のないものだからである。それは単に、自然界の一員になり損ねたという失敗を、身をもって示しているにすぎない。レイサーが相手を殺すことに固執するのは、そうした失敗の一例である。レイサーが絶滅危惧種であるのは驚くにあたらない。自業自得だと言っていいし、いつの日かレイサーが姿を消すかもしれないという事実は、その先見の明の欠如というよりは、おのれの邪悪で止めようのない残虐さにレイサーが見出してしまう謎の希望の帰結である。

パグラム　*Paglum*

みずからに最も近い生物が何であれ、それを模倣せずにはいられないという習性をパグラムは持っている。もしシャーレに載せた一体のパグラムを、蟹のようなはさみを不器用に動かして進むことで知られる微生物キルンサイトのそばに置けば、はさみを持たないパグラムはみずからのほっそりとした脚を動かし、キルンサイトの無様で混乱した歩みをそっくり真似てみせる。そのパグラムを今度は、次々に勢いよく動いていくことで知られる小さな球形の生物フェルトスパイヤーのそばに置けば、パグラムはそっと体を丸め、同じくこぢんまりとした体型になろうとする。フェルトスパイヤーほど速くはないが、進む方向とは逆に触角を伸ばし、信じられない速度で動いているために触角が後ろに傾いているように見える。

そうした擬態の最中にも、パグラムは外見をがらりと変えはしない。実のところ、パグラムがそばの生物を細かく模してみせるさまは驚くべきものである。特徴的な動きや無意識の仕草を、パグラムは取り出してみせる。この絶妙さにおいて、パグラムは似た行動を取る他の生物たちとは一線を画している。ナナフシやカメレオンとは異なり、パグラムは身を隠すことを目的とはしていない。そして、不気味な印象を与えはするが、それはパグラムであると誰もが見て取るのである。

その模倣が完全ではないがゆえに、パグラムは人の目を惹き付ける。ナイトクラブの物真似芸人は、完全には変身できない。完全に変身してしまえば、驚きのせいで楽しめなくなるだろう。むしろ、芸人はみずからの特徴を修正し、真似る相手の本質を巧みに表してみせる。その芸当に関して驚くべきは、相手を模倣すべく使用されている特徴は、その間も芸人のものであると分かる、という点である。優れた物真似芸人と同じく、別の生物の特徴を身に纏うときも、パグラムの個性は変わらず存在している。

物真似においては、含まれている要素よりも、あえて省かれている要素の方がより可笑しいことを、パグラムは理解しているようである。つまり模倣は、現実をどれほど切り捨てたとしても、首尾よく現実を表現できるということを明らかにする。つまるところ、真似とは現実の描写ではなく、「見抜く」こと、本質ならざるすべてを遮断することなのである。その意味では、キルンサイトやフェルトスパイヤーの正確な模倣を行うパグラムの姿には爽快さがある。ナイトクラブで淡い青色のタキシードを着た、小柄で不細工な男が懸命になり、甘いマスクのスターを完璧に真似てみせるさまを見るように、パグラムを観察する者たちの心は浮き立つだろう。そして、本能的に拍手するはずである。

アドルナス　*Adornus*

現存するアドルナスは一体にすぎないため、その研究は突き詰めれば無意味である。複数の標本を観察できないとなると、その個体の行動は種として自然なのか、当の個体に特有のものなのかを見分けるすべはない。確かに心躍らされる微生物であり、記録すべき行動にも事欠かないが、その意味はあるだろうか？　アドルナスについて唯一語るべきは、それが最も純粋な意味で「ユニーク」だということである。

比較するならば、我々が人間について個性的でユニークであると褒めそやす事柄は、真剣に考えるならば、出来合いの範囲内での組み合わせにすぎない。我々の組み合わせがいかに素晴らしく、豊かで複雑であるとしても、際立っていられる能力には限界がある。

さらに言えば、ある人が個人として認識されるためには、その人はみずからがはみ出そうと試みている集団とかなりの部分で共通点を持たねばならない。それは直観に反するように思われるが、「熱い」と「冷たい」という言葉の関係を考えてみればよい。どちらも、極端な温度を示す形容詞である。我々がその二つを正反対の言葉として認識するのは、一つの違いを除けば、その意味するところが同一だからである。同様に、個人として目立つためには、その人はまずは数えきれないほどの社会的慣習をしっかりと守らねばならない。誰かが徹頭徹尾「ユニーク」であるならば、その人の存在は我々にとってもはや意味を成さない。

それがゆえに、アドルナスの研究は無用の長物である。その行動を判断するための尺度がなく、それが守る、あるいは拒む慣習も分からないのであれば、その生物が何をするにせよ、意味を持つことはない。

ペリジャイト　*Perrigite*

地球を取り巻く大きな緑色の環は、出現してから間もないものではあるが、それなしで空を思い描くことはもはや難しくなっている。ジンバルかジャイロスコープのように交差する、その二本の幅広い環は、空を舞う鳥たちと同じく頭上での馴染みの光景である。初めてその環が出現したときに生じた不安は、すでに忘れ去られた――かつては広々としていた空に、巨大な緑の帯が突如として覆いかぶさってきたときの、奇妙な閉所恐怖症の感覚である。環がまず引き起こした反応とは、生物界が閉じ込められつつある、というものだった。もちろん、今の我々は、事態がその逆であると知っている。

我々の太陽系のガス巨星を取り巻く宇宙の塵の環とは異なり、地球に新たに形成された環は、ペリジャイトと呼ばれる微生物のみによって構成されている。彼らは地球の大気圏外に移住することに成功した最初の生物である。したがって、当初は生物界が封鎖されていくという反応があったが、今では、その巨大な帯は、生命が宇宙に進出を始めた証であると理解されている。

その事実に対し、多くの人々は興奮した。つまるところ、それは生命にとっての勝利だった。かつて、我々の祖先が海から上がって陸地で生きるすべを身につけたように、ペリジャイトは新たな環境で繁栄できるようになっていたのである。生命が前進を続けており、その創造力によって宇宙を満たそうとしているという点は、衆目の一致するところだった。

しかしながら、祝賀の雰囲気と同時に否定しがたく存在したのは、生命の輝かしき新たな段階において、人類は取り残されたのだという認識だった。その時点までの我々は、地球における支配的な種として、生命の進歩の可能性は人間の肩にかかっていると考えていた。だが、ペリジャイトの性質が理解されると、その可能性は別のところにあったことが明らかになった。

いまだに海から出ることのできない生物すべてを、我々が哀れみと優越感をもって振り返ってしまうように、種としての我々は、次の段階に進んだ生命が、いまだに海を漂う土くれの宮殿から出られない我々に同じ視線を向けてくるだろうと悟り始めた。

それがゆえに、環が日常の光景となった今でも、多くの人々は不思議そうな目を向ける。当然ながら、一つの種としての我々の胸中は複雑である。一方で、我々はしかるべき座を奪われて場違いなものとされたように感じる。排除され、妬ましく思う。それでもなお、生命が宇宙に進出する偉大な旅を知ったときにまず経験した、あの誇らしい気持ちを捨てることはできない。思わず、我々は遠くにある環に愛情のこもった目を向ける。その旅の幸運を祈って。

ソニタム　*Sonitum*

ソニタムは透明であるため、染色用の化合物を加えるとより観察しやすくなる。他に手段がなければ、希釈した墨や赤ワイン一滴でも事足りる。加えて覚えておくべきは、ソニタムの観察においては大声を上げることが肝要だという点である。この生物は音を浴びると体が大きくなる特性によって知られている。その音の大きさ次第で、一体のソニタムは本来の大きさの四千倍以上にまで膨張し、色を付けて大声を張り上げれば肉眼で見えるようになる。もちろん、作業台にかがみ込んで小さなシャーレを相手に怒鳴る諸君の姿はいささか気まずいものだろう。多くの若者たちがそうであったように、諸君が科学の道に入ったきっかけが、圧倒的な自信のなさと、声を大にすることへの恐れであったならば、なおさらである。しかし、誠意を持って研究するにあたって不可欠なのは、肩の力を抜き、内気な心を捨てることである。もし標本の染色のために赤ワインを実際に使ったのであれば、諸君も一杯飲んでみればどうだろう。袖をまくり上げ、叫びたまえ。馬鹿らしいと思う必要はない。

とはいえ、やりすぎないように心がけてもらいたい。ソニタムは驚くほど柔軟ではあるが、破裂することも知られている。大声で叫べば叫ぶほど、はっきりと見えるようにはなるが、その哀れな生物ははち切れてしまい、染料やぐにゃりとした組織の一部が諸君の白衣にぶちまけられることにもなりかねない。確かに、信じがたいほど長い棒の先に縛り付けられてロデオ大会のただ中に差し出されたり、筏に載せて海戦のさなかに漂わされたソニタムがスモモの大きさにまで膨張したという記録が残されてはいるが、そうした例は稀であり、状況も極端である。あまり野心的にならない方がよい。心地良い音量で叫び、その並外れた生物の基本的特徴を観察するに留めよ。

実験のためのソニタムの標本は、要はどこでも見つけることができる。ソニタムはしばしば空中を漂っている。大気中のソニタムは、世界の音の総体に対して膨張と収縮を繰り返して適応することで知られている。実のところ、我々を包む空気の至るところにソニタムがいるという事実は、鳥の飛行は鳴き声の直接的結果であるという昔からの迷信が正しいことを裏付けているのかもしれない。とまっている鳥がおのれに発する快いさえずりや甘い音に加え、鳥は人の耳には聞こえないほど高い周波の音を発することができ、それによって周囲の空中にいるソニタムを膨張させ、あらゆる方向から鳥にその体を押し付けさせる結果、入浴中に手から滑り出ていく石鹼のように、鳥は一気に空中を滑っていく。これが、現在科学界で流行している飛行の理論であり、それを裏付けるべく、多くの研究者はオペラ歌手による垂直跳躍に関する研究を開始している。どうにも気になる研究ではあるが、結論はまったく出ていない。

大気におけるソニタムの存在は、雷雨の際の空がかくも重苦しく見えるという現象への説明にもなってきた。その手の嵐が観察者の胸を締め付け、無力さと不吉さの感覚をもたらすのはなぜかと言えば、嵐の音によって生じたソニタムの動きが、人の胸に空気を押し付けてくるからである。ソニタムによる空気の動きに関するこうした推測はさらに、我々が呼吸する能力もまた、この手の運動のおかげかもしれないと提起している。我々の呼吸音は呼吸の結果であると長らく考えられてきたが、近年の発見は、真実はその逆かもしれないと示唆している。現在主張されているのは、我々の肺は呼吸音を発することによって周囲のソニタムを刺激し、肺に空気を送り込むように仕向ける、という説である。さらには、そうして空気とともに吸い込まれたソニタムが肺の内部に固着し、我々の心臓が発する鼓動音に合わせて収縮と弛緩を繰り返すことで、心臓を脈打たせているのだ、と論じる者たちもいる。それをさらに突き詰めれば、万物の運動と活動がその音によって行われているという魅惑的な世界の図が現れる。つまり、この理論によれば、我々が能動的に行っているかに見える運動とはすべて、実は周囲のソニタムの力への受動的な反応だということになる。したがって、かつては多くの素晴らしい偉業を成しうると思われていた人間の身体とは、この観点からすれば失調気味の肉塊にすぎず、かちかちという小さな音や呻き声を上げられるのみであり、それによって周囲の空気が動くために、立ち、頭を掻き、シャーレにかがみ込んで叫ぶ能力があるかのような幻想を与えられている。

外に目を向けるならば、ソニタム的世界というこの視点は、多くの憶測を呼んだ「宇宙の音楽」をどこか想起させる。その音はすべての天体の共鳴音であり、途絶えることがないために耳には知覚できないという説は、かつては妥当と見なされていた考え方であり、ソニタムの存在を考えるならば、今日においてさらに妥当性を増していると思われる。しかしながら、その音が天体の運動の産物なのではなく、運動がその音の産物なのかもしれないと、現代に生きる我々は理解できる。太陽とは、想像するだけで身震いが走るほど荒々しい宇宙の轟音の産物であるかもしれず、また、月が我々の頭上にかかっていられるのは、優雅で美しい音楽の賜物なのである。そうした推測をどこまでも広げていくのは容易だろう。何と言っても、人間の思考にはソニタムと似たところがあり、ひとたび刺激されればひたすら広がっていくのだから。言説によって刺激された思考は膨らみ始めて適応していき、ついには宇宙すらもみずからに見合う大きさのものではないように思い始め、至るところで端にぶつかり、ついにはそれ以上大きくならないようにすることが肝要に思えるほどになるが、その間も思考はただひたすらに膨張を続けていく。ただし、最終的にはその刺激源が尽き、それに続く恐るべき沈黙のなか、思考は唐突に収縮し、ひたすら小さくなって無に帰す。事実として言えば、現在、人間の思考とはソニタムの産物であるとする研究が盛んに行われている。ただし、この仮説が正しいのかどうかはまだ不明である。複雑な問題であるし、ここでその話に分け入るとなれば、諸君は付いてこられないかもしれない。心しておくべきは、目下のところ、こうした情報のすべては、目の前のソニタムを観察するという諸君の課題からすれば瑣末なものだということである。

さて、シャーレにいるソニタムはもう見えただろうか？　叫び続けたまえ。

謝辞

沈むことのない船のような、素晴らしい僕の家族に感謝したい。ミミ、セオ、レクシィ、ステイシー、マット、LJ、トーリ、マックス、グレース、ジェームズ、そしてクインに。それから、ブレント・ヴァン・ホーンの友情と創作、異常なまでの寛容さに。ブレントはこの短篇集の原稿を何通りも読んで、他の人たちの手間を省いてくれた。友人であり先生でもある、マイケル・チズニエジェウスキーとカレン・クレイゴが、駆け出しの頃から変わらず応援してくれたことにも感謝したい。それに、ミーガン・アイヤーズ、バイロン・カノーティ、マット・マクブライド、ブランディ・ストリックランド、デレク・ヴァン・ホーン、エミリー・ウンダーリックにもお礼を。以下の作家たち、雑誌編集者たちにも感謝したい。ジョーダン・バス、J・T・バーバリーズ、マリー＝ヘレン・ベルティーノ、ジョシュ・ゴールドフェイデン、イーライ・ホロウィッツ、チェストン・クナップ、デイヴィッド・リン、ペイ＝リン・ルー、アレックス・モシャキス、ベン・パーシー、スピア・モーガン、アリアナ・レイチ、イヴリン・ソマーズ、ロブ・スピルマン、ジョディー・スタンリー、ハンナ・ティンティ、そしてチャールズ・ユー。それから、次の先生たちにもお礼を。ステューダー先生、ホーン先生、プフンドスタイン博士、そしてピーク博士。恐れ知らずのエージェント、レニー・ズッカーブロットにも感謝したい。大恐慌以来の財政危機の最中に、デビュー短篇集の担当を引き受けてくれたのだから。僕の本を信じてくれた、カウンターポイント&ソフト・スカル・プレスのみなさんにもお礼を言いたい。そしてとりわけ大きな感謝は、次の四人に捧げたい。

この本に信頼と勤勉さをもって取り組んでくれたデニーズ・オスウァルト。最後の最後に登場して、配慮の行き届いた編集上の提案を与えてくれて、短篇集を最終段階まで導いてくれたダン・スメタンカ。このすべてを実現してくれたジャック・シューメイカー。そしてこの本の守護天使、エイプリル・ウルフに。

訳者あとがき

若い才能には事欠かない現代アメリカ文学に、また新しい、ユニークな声が登場した。二〇一一年に本書『大いなる不満』(*The Great Frustration*)を発表した、一九八三年生まれ、当時二十八歳のセス・フリードのことである。

とはいえ、フリードの作家としてのキャリアの出発点は、そこからさらに遡る。弱冠二十一歳のとき、本書にも収められた短篇「諦めて死ね」が文芸誌に掲載されたのだ。しかもその文芸誌とは、彼にとって憧れの存在だった*McSweeney's*だった。

その快挙に後押しされるようにして創作を続けたフリードは、精力的に短篇を文芸誌に発表していく。それぞれの短篇に集中して書いていたある日、それらが全体として一つのプロジェクトとなり始め、最終的に『大いなる不満』として結実した。本書に収められた短篇のうち、中小の文芸誌に発表された文学作品を対象とする「プッシュカート賞」に二作品が選ばれる(「フロスト・マウンテン・ピクニックの虐殺」および「微小生物集」)など、フリード作品は着実に存在感を増してきている。

作家としてのフリードを作り出した文脈は、二十一世紀のアメリカ文学の特徴を凝縮していると言っていい。まず彼のインスピレーションの源となっている「古典」とは、イタロ・

カルヴィーノやフランツ・カフカ、ホルヘ・ルイス・ボルヘスといった、アメリカの外に位置する寓話作家たちである。

それと並行して、敬愛する同時代のアメリカ人作家たちとして、エイミー・ベンダーやジョージ・ソーンダーズ、スティーヴン・ミルハウザーといった作家たちを彼は挙げている。いずれも短篇の名手であると同時に、重量級の「アメリカ小説」を書かねばならない、というアメリカ文学の伝統とは少し隔たったところに位置する作風を持つ作家たちである。彼らを手本と仰ぐフリードもまた、今世紀のアメリカ文学の新潮流のなかで生まれたのだし、今度はその流れをリードしていく一人となりつつある。

本書に収められた短篇は、ほとんどが一人称で語られている。語り手（たち）自身は自分から見た世界をきわめて論理的に記述していくのだが、物語は次第に、その主観と外界とのずれや亀裂を発見することになる。それに気付きつつも、語り手はおのれの主観世界をさらに突き詰めていく……。つまり、フリードは「自滅型一人称」の優れた使い手であるのだが、その向かう先が何であるのかは、それぞれの短篇をお読みいただければ幸いである。

短篇集の冒頭を飾る「ロウカ発見」は、七千年前の男性のミイラがヨーロッパの山中で発見されたという設定で幕を開ける。死体そのものよりも、その死体の分析に熱狂するラボの科学者たちが、この短篇の主眼となる。彼らが研究者としての春を謳歌していたところに、第二のミイラ発見の知らせが飛び込み、事態はまた別の展開を見せることになる。

続く「フロスト・マウンテン・ピクニックの虐殺」では、アメリカのある街で毎年開催される、地域をあげての一大イベント「フロスト・マウンテン・ピクニック」が物語の中心にブラックホールのように居座っている。あの手この手で多数の死傷者を出すこの行事を憎みつつも、腐れ縁のように毎年参加してしまう「私たち」の姿を通じ、アメリカに限らず現代社会で「普通の」暮らしを営むことの暗部をえぐり出す物語である。

時代も地域も一気に遠くに飛び、ひょんなことからハーレムで女性たちに囲まれて暮らすことになった一官吏が「ハーレムでの生活」の主人公となる。王の閨房にいつ呼び出されるのかという不安と闘いつつ、彼が次第に人格を変容させていく様子が語られる。欲望についての明晰な考察に貫かれた一篇である。

欲望という主題は、正体不明の科学実験に用いる一匹の猿をめぐるドタバタ劇を描く「格子縞の僕たち」を挟み、今度は新大陸を侵略するスペイン人の征服者《コンキスタドール》を主人公とする「征服者《コンキスタドール》の惨めさ」においても、黄金の獲得をめぐって再び展開されている。さらに、本書の表題作「大いなる不満」で、理想郷のはずのエデンの園に落ちる影が次第に色濃くなっていく様子にも、その主題は変わらずこだましている。

エデンとはまったく逆に、長期にわたる包囲を受けた古代の街での生活を描写する「包囲戦」では、最悪の生活環境において人生や未来について、「我ら」が思索を展開している。それに続く、中学生だったとき偏見に満ちた劇に参加してしまった男（「フランス人」）、呪われているとしか思えない一族に生まれた男（「諦めて死ね」）という二篇も合わせ、自分の人生がコントロールできなくなってしまった状況を冷静に分析する語りが、滑稽さのなかにわずかな寒気を漂わせている。

「筆写僧の嘆き」は、英文学の歴史の源流に位置する古英語詩『ベオウルフ』の写本作りに励む修道院の筆写僧たちを語り手としている。格調高い古代の世界が待っているのかと思いきや、怪物グレンデルと英雄ベオウルフの闘いを実演する怪僧エルフリックの様子を書き留めて写本に仕上げようとする「私たち」の奮闘振りがスラップスティックに描かれていく。

科学、主観と客観の埋めがたい溝、悲しくも可笑しい人生のパラドックスといった、ここまでフリードが展開する主題は、短篇集最後を飾る「微小生物集」に流れ込んでいく。カルヴィーノによる『見えない都市』の生物科学版とでも言うべきこの短篇は、さまざまな架空の微小生物を記述する入門書という体裁を取っている。同種間で容赦なく殺し合う微生物や、存在が一度も確認されたことのない生物など、フリードの奇想が十二分に発揮されていると同時に、その生物たちが逆に照らし出す、人間に対する鋭い観察眼、そして錯綜する記述をときに強引にまとめ上げる語りの手腕も十二分に味わうことができる。

こうして短篇を概観しただけでも、時代も地域も自在に行き来する物語設定の多彩さと、そのすべてに一貫する「人間」への批判的な視線が、フリードの持ち味だと言えるだろう。インタビューでもたびたび語っている通り、この作家にとって「人間」は矛盾に満ち、不条理な、宇宙における孤児のような存在であることを運命付けられている。しかし、「自分たちの不条理を、僕たちは笑うべきだ」（新潮クレスト・ブックス十五周年記念小冊子「物語の生まれる場所」収録のインタビューより）という一言に凝縮されているように、フリードはポップな感性と卓越したユーモア感覚によって、それを笑いのめしてみせる。

どこか数学的な論理性をもって世界や人間を眺める視点と、それが行き着く深淵のような不条理さ。そして、それを前にして、絶望の叫びではなく笑い声を上げる物語のしたたかさ。そうしたフリードの特性を、日本語の読者のみなさんにも味わっていただければ、訳者としてそれ以上の幸福はない。

自分自身は本質的に短篇作家であって、長篇には向いていない、とフリードは繰り返し語っている。いつかは長篇を書くための助走として短篇をとらえるような風潮にはきっぱりと背を向け、彼はもうしばらく短篇の可能性を追求することになりそうである。

本書発表後も、彼は衰えることのない発想力を次々に披露している。オンライン雑誌の代表格である *Electric Literature* には、"The Adventure of the Space Traveler" を発表し、微生物の世界から今度は宇宙を舞台としてみせた。二〇一四年に入っても、*Tin House* や *The Missouri Review* に新作短篇が続々と掲載され、この作家が次のプロジェクトを進行させていることが窺える。また、イラストレーターとのコラボレーションによる文学的小ネタ集 "Factspace" など、ジャンルを越えた創作活動も継続中である。短篇と同じく、次に何が飛び出すかまったく予想がつかないその活動は、息をつく暇なく僕たちを楽しませてくれそうだ。

ダニエル・アラルコンとテア・オブレヒトに引き続き、本書も企画段階から編集まで、新潮社出版部の佐々木一彦さんに導いていただいた。いつもながら、足元のおぼつかない訳者をサポートしていただき、感謝の一言である。また、「微小生物集」を、本書の刊行に先立って『新潮』に掲載する際には、同誌編集部の松村正樹さんから的確なアドバイスをいただいた。「筆写僧の嘆き」の翻訳に関しては、同志社大学文学部の大沼由布先生が訳者の知識不足を補う情報を提供してくださったことを記して感謝したい。
そして最後に、僕の主観世界がフリード的な自滅に向かうことをいつも防いでくれる妻と娘に、愛と感謝をこめて本書の翻訳を捧げたい。

藤井　光

二〇一四年四月　京都にて

The Great Frustration

Seth Fried

大《おお》いなる不満《ふまん》

著者
セス・フリード
訳者
藤井　光
発行
2014年5月30日

発行者　佐藤隆信
発行所　株式会社新潮社
〒162-8711 東京都新宿区矢来町71
電話 編集部 03-3266-5411
読者係 03-3266-5111
http://www.shinchosha.co.jp

印刷所
株式会社精興社
製本所
大口製本印刷株式会社

乱丁・落丁本は、ご面倒ですが小社読者係宛お送り下さい。
送料小社負担にてお取替えいたします。
価格はカバーに表示してあります。

ISBN978-4-10-590109-7 C0397

CREST BOOKS
Shinchosha

遁走状態

Fugue State
Brian Evenson

ブライアン・エヴンソン
柴田元幸訳

前妻と前々妻に追われる元夫。勝手に喋る舌を止められない老教授。見えない箱に眠りを奪われる女。ニセの救世主——。滑稽でいながら切実な恐怖に満ちた、19の悪夢。ホラーも純文学も超えた驚異の短篇集、待望の邦訳刊行！

CREST BOOKS

奪い尽くされ、焼き尽くされ

Everything Ravaged,
Everything Burned
Wells Tower

ウェルズ・タワー
藤井光訳

燃え残った夢。歌にもならない荒涼。
21世紀アメリカのひりつくような日常を、
多彩な視点と鮮烈な言葉で切り取る全九篇。
各紙誌絶賛、驚異のデビュー短篇集。

CREST BOOKS

ロスト・シティ・レディオ

Lost City Radio
Daniel Alarcón

ダニエル・アラルコン
藤井光訳

父の行方を追う孤児と、夫を待つラジオパーソナリティー。
二人の物語は絡み合い、思いがけない過去を照らし出す。
巧みなサスペンス、みずみずしく鮮烈な語り。
ペルー系アメリカ人作家による、圧倒的デビュー長篇。

CREST BOOKS

いちばんここに似合う人

No one belongs here more than you.
Miranda July

ミランダ・ジュライ
岸本佐知子訳

孤独で不器用な魂たちが束の間放つ、生の火花。
カンヌ映画祭新人賞受賞の女性映画監督による、
とてつもなく奇妙で、どこまでも優しい、16の物語。
フランク・オコナー国際短篇賞受賞。

CREST BOOKS

オスカー・ワオの短く凄まじい人生

The Brief Wondrous Life of Oscar Wao
Junot Díaz

ジュノ・ディアス
都甲幸治・久保尚美訳

オタク青年オスカーの悲恋の陰には、カリブの呪いが——。

マジックリアリズムとサブカルチャー、英語とスペイン語が激突して生まれた、まったく新しいアメリカ文学の声。

ピュリツァー賞、全米批評家協会賞ダブル受賞作。

CREST BOOKS